KB143224

심벨린

한국셰익스피어학회 작품총서 036

심벨린

Cymberline, King of Britain

윌리엄 셰익스피어 지음

박효춘 옮김

도서출판 ┃동인

발간사

　지금까지 셰익스피어 작품에 대한 번역은 끊임없이 다양한 동기에 의해 진행되어 왔다. 초창기 셰익스피어 작품 번역은 일본어 번역을 우리말로 옮기는 작업이었다. 일본이 서구에 대한 수용을 활발한 번역을 통해서 시도하였기 때문에 일본어를 공부한 한국 학자들이 번역을 하는데 용이했던 까닭이었다. 하지만 이 경우는 문학적인 차원에서 서구 문학의 상징적 존재인 셰익스피어를 문학적으로 소개하는 것이 목적이어서 문어체를 바탕으로 문장의 내포된 의미를 부연하게 되어 매우 복잡하고 부자연스러운 번역이 주조를 이루었던 것이 문제가 되었다.

　그 다음 세대로서 영어에 능숙한 학자들이나 번역가들이 셰익스피어 번역에 참여하게 되었다. 셰익스피어 작품에 대한 수많은 주(note)를 참조하여 문학적 이해와 해석을 곁들인 번역은 작품의 깊이를 파악하는데 많은 도움이 되었다고 볼 수 있다. 하지만 셰익스피어 작품을 무대에 올리는 배우들에게는 또 다른 문제가 생길 수밖에 없었다. 문학적 해석을 번역에 수용하는 문장은 구어체적인 생동감을 느낄 수 없었고, 호흡이 너무 길어 배우가 대사로 처리하기에 부적합하였다.

이런 문제점을 해결하기 위해서 번역가마다 각자 특별한 효과를 내도록 원서에서 느낄 수 있는 운율적 실험을 실시하기도 하였다. 그런 시도는 셰익스피어 번역에 새로운 분위기를 자아내었을 뿐 아니라 다양한 번역이 이루어져 나름의 의미가 있었다고 본다. 반면에 우리말을 영어식의 운율에 맞추는 식의 인위적 효과를 위해서 실험하는 것은 배우들이 대사 처리하기에 또 다른 부자연성을 느끼게 하였다.

　　한국에서 셰익스피어를 연구하는 학자들이 모이는 한국셰익스피어학회에서 셰익스피어 탄생 450주년을 기념하여 셰익스피어 전작에 대한 새로운 번역을 시도하기로 하였다. 우선 이번 번역은 셰익스피어 원서를 수준 높게 이해하는 학자들이 배우들의 무대 언어에 알맞은 번역을 한다는 점에서 차별성을 두고자 한다. 또한 신세대 학자들이 대거 참여하여 우리말을 현대적 감각에 맞게 구사하여 번역을 하자는 원칙을 정하였다.

　　시대가 바뀔 때마다 독자들의 언어가 달라지고 이에 부응하는 번역이 나와야 한다고 본다. 무대 위의 배우들과 현대 독자들의 언어감각에 맞는 번역이란 두 마리 토끼를 잡는 것은 그리 쉬운 일은 아니지만 매우 의미 있는 일일 것이다. 이번 한국셰익스피어학회가 공인하는 셰익스피어 전작 번역이 성공적으로 이루어지도록 뒷받침하는 도서출판 동인의 이성모 사장에게 심심한 감사의 뜻을 전하며 인문학의 부재의 시대에 새로운 인문학의 부활을 이루어 내는 계기가 되리라 믿는다.

2014년 3월
한국셰익스피어학회 17대 회장 박정근

옮긴이의 글

　셰익스피어의 희곡의 유명함은 우리나라 초등학생들도 알고 있을 정도이다. 우리가 흔히 알고 있는 경구 중 상당수도 그의 희곡에서 왔다. '의상이 날개이다', '시장이 반찬이다'와 같은 것들이 그것이다. 이는 서양이든 동양이든 인생을 바라보는 시각이 비슷하다는 증거이며 셰익스피어는 그것을 정확히 포착하여 글로 옮긴 작가라고 말할 수 있다. 삶과 인간관계의 가려진 진실과 본질을 꿰뚫어 보고 이를 위대한 문학으로 승화시켜 표현한 작가 중 한 사람인 그는, 올해로 서거한 지 400여 년이 된 영국의 시인이요 극작가인 셰익스피어이다. 작품의 문학적 위대함뿐만 아니라, 그의 글을 통해 지혜마저 얻을 수 있으니 이것이 그의 작품을 번역하여 사람들에게 소개하여야 할 이유 중 하나이다. 그러나 현대희곡들과 달리, 그의 작품은 시적 형식을 빌은 시극이며, 무대 상연을 전제로 쓴 희곡이면서도, 에둘러서 마치 간접적으로 돌려 말하는 것과 같은 표현도 있어서 셰익스피어의 희곡을 현대적 감각으로 번역하는 것은 어려운 작업이었다. 그래서 본 역자는 번역의 기본 방침을 다음과 같이 정하였다. 즉 내용의 정확한 전달 문제를 우선시 하였다. 셰익스피어의 희곡뿐만 아니라 모든 외국어 원서를 번역할 때 이것은 가장 중요한 고려 사항일 것이다. 그러나 이 점을 지나치게 신경 쓰다 보면 원작에서 작가가 표현하고 있는 절묘한 언어의 아름다움을 놓치기 쉽다는 것이 모든 번역자의 고민거리가 아닐 수 없다. 그것이 문학작품의 번역이라면 더욱더 그럴 것이다. 이와 반대로, 원작의 수준 높은 언어 구사의 재현에 신경쓰다보면 문장 길이가 길어지는 만연체적 번역문이 양산되기 쉬운데, 이 때문에 정확한 내용과 메시지 전달에 실패할 가능성이 높다는 점이 약점이다. 이런 고민 때문에 본 작품의 번역에서는 가능하면 원작의 문장 조성 형태를 드러낼 수 있도록 직역에 가깝게 번역하되, 사용된 어휘도 그 당시 본래의 의미를 드러내려고 애썼다. 한편, 단어가 생략되어 번역이 애매한 부분은 최소한으로만 단어를 복원하여 번역했다. 여러 개의 유의어가 있음에도 불구하고, 어떤 부분에서 특정 단어를 사용한 것은, 우리들은 눈치 채기 어렵다 할지라도, 작가가 동시대 관객들에게 암시하고자 하는 특정한 의미를 담고자 했을 수 있기 때문이다.

이전에 훌륭한 번역본들이 있음에도 불구하고 금번 역서를 집필한 이유는 이제는 좀 더 현대감각에 맞으면서 무대언어로, 즉 무대대본으로 사용하기에 용이한 번역본을 만들고자 한 학회의 요청에 부응하기 위해서였다. 복잡한 작품성 같은 이야기를 떠나서 무엇보다 『심벌린』은 일반 독자가 읽기에 재미있는 작품이라는 것이 번역자의 견해이다. 우리의 실제 인생도 이 이야기에서처럼 기구하고 놀라운 사건이 종종 벌어진다. 이러한 사건들을 이 책에서 발견하고 재미있게 즐길 수 있다면 이 시리즈를 발간한 한국셰익스피어학회의 의도나 번역자의 수고는 보상받았고 성공한 것이라고 생각한다. 다만, 부족한 능력으로 번역하다 보니 위대한 작품 본래의 아름다움과 놀라운 언어의 향연, 그리고 그 문학적 정수를 제대로 재현하지 못하였다는 죄스러움 때문에 마음이 다소 무겁다. 따라서 영문학을 사랑하고 영어를 좋아하는 분이시라면 이 번역서를 읽어 보신 후, 반드시 영어로 된 원서를 일부라도 읽어 볼 기회를 가져보시라고 권하고 싶다. 셰익스피어 언어의 아름다움과, 문학적 풍요로움을 맛보실 수 있을 것이다. 끝으로 오랫동안 인내하며 출판을 허락하신 한국 셰익스피어학회와 동인출판사의 이성모 사장님께 깊이 감사드리고, 고생해주신 편집진 선생님들께 또한 감사드리면서, 사랑하는 가족과 함께 본 번역서의 출간을 기뻐하고 싶다.

2016년 8월, 그 무더운 여름

박효춘

| 차례 |

등장인물

심벨린 브리튼 왕

왕비 심벨린의 후처, 이모진의 계모

클로튼 왕비의 아들

이모진 심벨린과 전 왕비 사이의 공주, 후에 피델레라는 남성으로 변장

포츠머스 레오나터스 이모진의 남편, 가난한 신사

헬렌 이모진의 시녀

가이더리어스 폴리도르로 알려진 벨라리어스에 의해 강탈된 심벨린의 아들

아비라거스 캐드월로 알려진 벨라리어스에 의해 강탈된 심벨린의 아들

벨라리어스 추방당한 귀족, 신분을 감추고 자신을 모건으로 행세함

코넬리어스 의사

두 귀족 클로튼을 섬기는 귀족

두 신사

두 브리튼 장교

두 간수

피사니오 포츠머스의 하인

필라리오 포츠머스의 친구

이아키모 필라리오의 친구

지아코모 이탈리아 인

프랑스 · 네덜란드 · 스페인 인 필라리오의 친구

카이어스 루시어스 로마 대사, 후에 로마군의 사령관

두 로마 상원의원

두 로마 호민관

로마인 장교

필라모너스 예언자

쥬피터

시실리우스 레오나터스의 유령 포츠머스의 아버지

포츠머스 어머니의 유령

포츠머스 형제들의 유령

**심벨린의 시종들, 왕비의 여자 시종들, 클로튼의 시종을 드는 음악가들,
전령들, 군사들**

1막

1장

브리튼. 심벨린의 궁전.

신사 두 명 등장.

신사 1 이거 원 만나는 사람마다 우거지상이니,
사람의 기질이 별에 지배를 받는다지만 신하들의
표정은 폐하의 기분에 따라 좌우되는 것만 같군.

신사 2 그게 무슨 말씀이시오?

신사 1 왕국의 상속자인 공주가 (폐하는 최근에 결혼한
5   왕비의 외아들과 공주를 맺어 주시려 했는데)
비록 가난하지만 훌륭한 한 신사에게 마음을
주셨다는군요. 결국 결혼을 하자 그 남편은 추방되고
공주는 투옥되었으니, 신하들이 겉으로라도 슬픈
표정을 짓는 거지요. 비록 내색은 안하셔도
폐하께서는 몹시 상심하고 계실 겁니다.

10 **신사 2** 폐하께서만 슬퍼한단 말씀이시오?

신사 1 그녀를 놓쳐버린 왕자와 그 결혼을 몹시도 바라던
왕비도 속상해하겠지요. 신하들이 겉으로는 폐하의
심기를 살펴 슬픈 표정을 지어도 속으로는 그들이
못마땅해하는 그 일이 틀어진 것에 대해 진심으로

기뻐하지 않는 사람이 한 사람도 없다오.

신사 2 그건 왜 그런가요? ₁₅

신사 1 공주를 놓친 그자는 험담하기에도 아까운 작자이고
공주를 얻은 그 신사는 (내 말은 공주와 결혼한
그 신사를 말하는데 아, 가엾도다! 그처럼 훌륭한
사람이, 그래서 그가 추방당한 거지만) 그와 같은
인물은 온 세상을 다 뒤져봐도 찾을 수 없을 겁니다. ₂₀
설령 찾을 수 있을지라도 그 신사와 비교해보면
그보다 무언가 못한 점이 있을 거요, 찾아낸 사람이
말이요. 나는 그 신사처럼 외모도 수려하고 타고난
천품도 훌륭한 사람은 오직 그 사람밖에 없다고
생각하오.

신사 2 그를 과찬 하시는구려.

신사 1 경, 본인은 그가 갖고 있는 셀 수 없는 미덕을 ₂₅
정당하게 펼쳐 보이기보다는 오히려 축소하여
말하고 있음을 이해하여 주시오.

신사 2 이름이 무엇이고 가문은 어떻소?

신사 1 근본까지는 다 파악하지 못했으나 그의 부친은
시칠리어스라는 인물인데, 카시벨란과 함께
로마인들에 대항하여 명예를 얻은 사람이지만 ₃₀
테난티어스에게 작위를 하사 받았다오.
또 명예롭게 그를 섬긴 결과 훌륭한 전공을 세워서
레오나터스'라는 별칭까지 얻었다는군요.

그리고 (문제의 이 신사 외에) 두 아들이 있었는데
35 　그들은 그 무렵 전쟁터에 나가서 손에 검을 든 채로
전사를 했다하오. 그런데 당시 그들의 부친은 이미
연로했었고, 또 몹시 사랑하던 자식들을 잃었다는
절망감 때문에 결국 엄청난 슬픔을 이기지 못하고
세상을 떠나고 말았으며, 마침 그의 부인은 (우리의
대화의 주제인) 이 신사를 임신하고 있었으나 그를
40 　출산하고서는 죽고 말았다고 합디다. 그래서 왕이 그
아기를 보호하기 위하여 데려다가 포츠머스
레오나터스라는 이름을 지어주고 길러서, 왕의 침실
시종으로 일하게 하는 한편 그 나이 또래에 필요한
모든 학문을 배우게 했다는군요. 그 소년은 마치
45 　공기를 호흡하듯 배우는 대로 지식을 빨아들여서
봄인데 이미 추수하듯 학문이 일취월장 했으며,
왕궁에서 생활하면서 (이것은 매우 드문 일이지만)
대단히 칭찬받고, 매우 사랑을 받아서 청년에게는
본이 되고, 장년에게는 예의범절의 거울이 되었으며,
노년에게는 노망든 자들을 인도하는 효자가 되었지요.
50 　그의 아내에게는, (그녀 때문에 추방당했지만) 공주가
자신의 신분 가치를 포기한 것이 그녀가 얼마나 그를
경애하는가를 보여주는 것이며 바로 그녀의 선택이

---

1. 이는 「코리오레이너스」에서 주인공 카이어스 마티어스가 코리올리에서 승리하자
　이를 기려 코리오레이너스라는 이름을 부여 받은 것과 같은 이치이다.

그의 사람됨을 진실 되게 보여주는 것이라 말할 수

있을 것이오.

신사 2 그대의 말씀만 듣고도 나는 그를 존경하오이다. 그러나 55

부탁하건대 말씀 좀 해보시오, 공주가 폐하의

무남독녀요?

신사 1 유일한 자녀요.

원래는 아들이 둘 있었는데 (만일 이것이 당신이 들어

볼 만한 이야기라면 들어 두시구려) 그중 큰 왕자는

세 살 때이고, 둘째는 아직 강보에 싸여 있었을 때

육아실에서 도둑맞았는데 지금까지 어디로 사라졌는지 60

종적이 묘연하다오.

신사 2 그것이 얼마 전의 일이오?

신사 1 약 이십 년 전이지요.

신사 2 일국의 왕자를 그리 쉽사리 도둑맞았다고 하다니

너무 허술하게 경비를 선거군요. 게다가 수색하는

행동도 굼떠서 여태까지 흔적도 찾지 못했다니요!

신사 1 아무리 이상하다고 하거나, 65

아니면 매우 태만했다고 비웃어도, 그러나 그것은

사실이요 나리.

신사 2 나는 그대 말을 믿지요.

신사 1 우리 이제 그만하십시다. 화제의 그 신사와 왕비,

그리고 공주가 이리로 오는군요.　　[두 신사 퇴장.]

2장

같은 장소.

왕비, 포츠머스, 이모진 등장.

왕비   공주, 나는 결코 세상 사람들이 말하는 소위 그런
악한 계모는 아니란다. 네가 나에게 갇힌
죄수라고 생각한다면 간수인 내가 너를 가두는
감옥의 열쇠를 주마. 포츠머스, 그대의 문제는
공에 대한 폐하의 진노가 누그러지시는 대로,
곧 그대의 입장을 잘 변호하여 말씀드리겠네.
지금은 폐하의 분노의 불길이 너무 맹렬하니
어쩌겠나. 지금은 분별력 있게 잘 참고 기다리며
폐하께서 내리신 명을 잘 받들어 따르는 것이
좋을 듯싶네.

포츠머스   알겠습니다. 왕비마마,
소인은 오늘 여기서 떠나겠습니다.

왕비   위험하다는 것은 알겠지.
나는 저리 가서 정원을 한 번 돌고 올 테니까. 비록
폐하께서는 둘이 만나 대화 나누는 것을 금하셨지만
금지된 사랑의 고통을 가엾게 생각해서 돕는 것이야.

[왕비 퇴장.]

이모진 아,

가식적인 친절함이란! 상처 낸 곳을 다시 　　　　15
긁어대니 이 얼마나 사악한 여자인가! (포츠머스에게)
사랑하는 내 남편, 포츠머스, 저는 아버님의 분노가
조금은 걱정 돼요, 그러나 제가 자식으로서의 신성한
도리를 다해왔으니 어떤 처분을 내리신다 해도 결코
두렵지는 않아요. 당신은 떠나셔야겠어요.
저는 여기에 남아서 아버님의 화난 눈초리를 견뎌내며 　20
살아가야 하구요. 나의 삶의 유일한 위로는 이 세상의
유일한 보배인 당신을 다시 만나리라는 희망이랍니다.

포츠머스 나의 여왕, 나의 아내여.

오, 부인, 더 이상 눈물을 흘리지 마시오. 이러다간 나도
눈물을 흘려서 사내대장부답지 못하단 소리를 듣겠소. 　25
나는 지금까지 혼인 서약을 한 남편들 중에서 가장
충실한 남편으로 남겠소. 로마에 가면, 서신을 통해서만
알고 있는, 아버님의 친구였던 필라리오라는 분의 집을
거처로 정했으니 그리로 편지를 보내 주시오. 나의 　30
여왕이여, 비록 쓸개즙을 잉크 삼아 편지를 썼더라도
그대가 보내준 편지 글자들을 나의 두 눈으로 모두
마셔 버릴 것이오.

왕비 다시 등장.

왕비 부디, 이별 인사는

간단히 해라. 폐하께서 보시면 진노하실지

모르겠으니. [방백] 흥, 이제 폐하를 이쪽으로

35   모시고 와야겠군. 폐하는 내가 자기에게 어떠한

잘못을 저질러도 나와 잘 지내시려고 언제나 값비싼

대가를 치러주시거든.   [왕비 퇴장.]

포츠머스 석별의 정을 앞으로 살아갈 날만큼이나 오래 나눈

다해도 헤어지기 싫은 마음은 오히려 더 커져 갈 거요.

40 **이모진** 아니요, 좀 더 있다 가세요.

잠시 말 타고 산책 나간다 하더라도 시간이 걸릴

것인데 이처럼 금방 헤어지는 것은 너무하네요.

내 사랑, 여길 보세요. 이 다이아몬드는 내 어머니의

것이었어요. 저의 심장인 이것을 받으세요. 그러나

제가 죽고 다른 여자를 아내로 맞으려고 구애할 때

까지는 갖고 계세요.

45 **포츠머스** 아니, 어떻게, 다른 여자를?

인애하신 하나님이시여, 저에게 오직 이 여인만을

아내로 허락하시고, 다른 여자를 맞아들이면 죽음의

약정에 따라 저를 불타 죽게 하소서. 끼워져있어라, 너

반지여 여기에, [반지를 낀다.] 손의 감각이 이것을

지킬 수 있는 한은. 그리고 다정하고 아름다운 부인,

50   가난한 나 자신의 신분을 당신 것과 맞바꾸어 헤아릴

수 없는 손실을 끼쳤는데, 이렇게 작은 것에서까지

나는 여전히 당신 덕을 보는구려. 나를 위해서 이

수갑을 끼워주시오. 이것은 사랑의 수갑이라오. 나는

이것을 가장 아름다운 죄수에게 끼워 줄 것이다.

[그녀 팔에 팔찌를 끼워준다.]

이모진 오, 하나님.

우리가 언제 다시 만날 수 있을까요?

심벨린과 귀족들 등장.

포츠머스 아아, 폐하!   55

심벨린 이 천하디천한 놈 같으니, 당장 내 눈앞에서 사라지지

못할까! 만약 짐의 명령에도 불구하고 이후 또다시

나의 궁전에서 얼씬거리는 날에는 죽음을 면치 못할

것이다. 너는 내 핏속에 든 독이다.

포츠머스 신들께서 폐하를 보호하여 주시기를,

그리고 성안의 백성들을 축복하소서.   60

이모진 죽음의 고통이 이보다 더 격렬하지는 않을 것이다.

심벨린 오 불효막심한 것,

애비를 젊어지게 해주기는커녕 더 늙게 만드는구나.

이모진 폐하께 비나이다.

진노는 건강에 해롭사오니 고정하옵소서. 저는   65

아버님의 진노에 무감각하답니다. 모든 고통과

두려움을 압도하는 격심한 이별의 슬픔 때문이지요.

심벨린 품위와 자식으로서의 순종마저?

이모진 희망도 없고 절망에 빠졌으니 공주로서의 품위도
없지요.

심벨린 왕비의 외아들과 결혼하면 되었을 것을!

70 **이모진** 오, 그렇게 하지 않았으니 복 받은 거지요. 솔개를
피하고서 독수리를 선택한 겁니다.

심벨린 너는 거지를 택하여 나의 왕좌를 천한 자가 앉을
의자로 만들려 한 것이다.

이모진 아버님,

75 제가 포츠머스를 사랑한 것은 아버님 탓이에요.
아버님은 그를 저의 놀이친구로 삼아 기르셨어요.
그래서 그는 세상 어느 여자에게도 과분한 남자로
성장했고, 그리고 저를 얻기 위해 치러야 할 그
이상을 치른 사람입니다.

심벨린 뭐라고? 너 미쳤느냐?

이모진 예, 그럴 것만 같아요. 하늘이시여 저를 회복시켜
80 주소서! 내가 소 기르는 농부의 딸로 태어나고
포츠머스가 이웃집 양치기의 아들로 태어났더라면
행복했을 텐데!

심벨린 이런 바보 같은 녀석!

왕비 다시 등장.

그것들이 다시 만났소. 그대는 내 명령대로 하지
않았어. 이것을 데리고 나가서 가두시오.

왕비   참으시길 간청합니다.

　　　사랑하는 딸아 염려 말아라, 걱정하지 마라! 사랑하는　　　85

　　　폐하, 저희는 물러갈 터이니, 깊이 헤아리시어

　　　고정하십시오.

심벨린 아니오, 저것이 하루 한 방울씩

　　　피를 흘리며 고통 당하게 하고, 늙어서 자신의

　　　어리석음을 뼈저리게 후회하며 죽게 하시오.

　　　　　　　　[심벨린과 귀족들 퇴장.]

왕비   저런, 잠자코 있지.

　　　　　　　　피사니오 등장.

　　　너의 하인이구나. 웬일이냐? 무슨 소식이라도　　　　　　90

　　　있느냐?

피사니오 예 전하, 왕자님이 제 주인께 검을 휘두르셨습니다.

왕비   뭐라고?

　　　설마 다치지는 않았겠지?

피사니오 다치실 뻔 했사옵니다.

　　　그러나 저의 주인께서 화내지 않으시고 대적하기

　　　보다는 잘 받아넘기셨고요. 또 주위의 신사분들이

　　　둘을 뜯어말려서 괜찮았습니다.

왕비   참 잘되었구나. 다행이다.　　　　　　　　　　　　　95

이모진 왕자님은 우리 아버님의 친구이니까, 그 편을

　　　들었겠지요. 추방당한 불쌍한 사람에게 검을

휘두르다니요. 참, 용감하신 분이시군요! 나는 그들이
함께 아프리카에서 겨뤘으면 좋았겠네요. 그러면 나는
바늘을 들고 그들 곁에 서 있다가 뒷걸음치는 사람을
100   찔러버릴 텐데. 근데 너는 왜 주인 나리를 두고 왔지?

피사니오 나리의 명령 때문입니다. 나리께서는 제가 항구까지
모셔다드리지 말라고 하셨습니다. 그리고
공주마마께서 명하시면 제가 해야 할 지시사항들을
여기 이 쪽지에 적어 주셨습니다.

왕비 이자는 이제까지
105   너의 명령을 충실히 따라왔지. 내 명예를 걸고
말하지만 그는 앞으로도 충실한 하인으로 남을 거다.

피사니오 왕비 전하, 겸손한 마음으로 감사드립니다.

왕비 잠시 저리 물러가 있어라.

이모진 약 삼십 분 후에 부르마. 너는 주인나리께서 배에 잘
오르셨는지 만이라도 살펴보아라. 지금은 물러가라.

[퇴장.]

3장

같은 장소.

클로트튼과 두 명의 귀족 등장.

귀족 1 왕자님, 셔츠를 갈아입으시는 것이 좋을 듯싶습니다.
격렬하게 공격을 하셔서 마치 불타는 번제의
제물에서 연기가 나듯 몸에서 김이 모락모락 납니다.

클로트튼 셔츠가 피에 젖었다면 갈아입어야겠지. 그놈도
다쳤나?

귀족 2 [방백] 아니 천만에. 그분은 인내심조차 필요
없으셨지.

귀족 1 다쳤냐고요? 다치지 않았다면 찔러도 멀쩡한 산
송장일 겁니다. 상처가 나지 않았다면 그자 몸에는
검이 자유롭게 관통할 수 있는 직통로가 뻥 뚫려
있었기 때문일 것입니다.   10

귀족 2 [방백] 그래, 그놈 칼끝은 빚진 놈처럼 동네
뒷구멍으로만 파고들었으니 그럴 수밖에.

클로트튼 그 악당 녀석이 나에게 맞서려고 하지 않더라고.

귀족 2 [방백] 아니, 그분은 줄곧 내달리시던데, 너의 면상을
향해서.   15

귀족 1 맞서다니요? 왕자님께서는 공간을 넉넉히
    확보하셨는데, 그자가 뒤로 좀 물러나는 바람에
    공간을 더해 드린 거지요.

귀족 2 [방백] 네가 바다 넓이만큼 도망쳤다면 그는 단지
    몇 인치만 물러났을 뿐이다, 이 애송아!

클로튼 사람들이 우리를 말리지 않았으면 좋았을 텐데.

귀족 2 [방백] 나도 그렇게 생각해. 네가 땅바닥에
    쓰러졌더라면 바보의 쭉 뻗은 길이가 얼마인지 재
    보았을 텐데 말이야.

클로튼 그런데도 공주가 그놈을 사랑하고 나를 거부해!

귀족 2 [방백] 올바른 결정을 한 것이 죄라면, 그녀는 저주를
    받겠지.

귀족 1 왕자님, 제가 늘 말씀드렸듯, 공주님의 미모와 두뇌는
    따로따로입니다. 외모는 아름답지만, 지혜가 있다는
    작은 증거도 보지 못했거든요.

귀족 2 [방백] 그녀는 바보들에게는 미모를 빛내지 않지, 그
    반사광이 자기에게 해를 입히지 않게 하기 위해서.

클로튼 자, 내 방으로 가세. 그놈이 부상을 당했다면
    좋으련만.

귀족 2 [방백] 아니, 바보 당나귀 녀석이 쓰러지는 것이 아닌
    이상, 별 상처 아니실걸.

클로튼 같이 가시지?

귀족 1 제가 모시겠습니다.

클로튼 아니, 자 함께 가자고.

귀족 2 예, 전하.

4장

같은 장소.

이모진과 피사니오 등장.

이모진 네가 항구에 붙박여 서서 배마다 물어보았으면
좋았을 텐데. 나리가 쓴 편지를 내가 받지 못했다면,
하늘의 베푸신 자비를 잃은 편지가 될 텐데.
나리께서 너에게 마지막으로 하신 말씀이
무엇이었느냐?

5 **피사니오** "나의 여왕, 나의 여왕"이었습니다.

이모진 그런 다음 손수건을 흔드셨고?

피사니오 거기에 키스도 하셨습니다, 마마.

이모진 무감각한 천조각이 그 점에서는 나보다 행복하구나.
그리곤 그것이 다야?

피사니오 아닙니다, 공주님. 주인나리께서는 제가 눈과 귀로
10 식별할 수 있을 때까지, 다른 사람들이 알아볼 수
있도록, 갑판에 서서 장갑을 들고, 또는 모자나,
아니면 손수건을 들고, 마음의 동요와 흥분에 따라
계속 흔들고 계셨는데요. 그 모습은 배는 빠르게
나아가지만, 나리의 마음은 얼마나 천천히 고국을

떠나고 계시는지를 가장 잘 보여 주었답니다.

이모진 너의 눈에 까마귀처럼 아주 작게 보일 때까지, 아니

더 작게 보일 때까지 나리를 배웅했어야지.   15

피사니오 예 마마, 그리했습니다.

이모진 나라면 그분의 모습이 작아져서 내 눈의 신경이

끊어질 때까지 지켜보았을 거야. 그리고 멀어져가서

바늘 끝처럼 작아질 때까지, 모기보다 더 작아져서

공기 속에 녹아버려 없어질 때까지 바라보다가   20

그때서야 눈을 돌려 울었을 거야. 그러나 충직한

피사니오야, 우리가 언제나 나리로부터 소식을

전해 들을 수 있을까?

피사니오 걱정 마십시오, 마마.

다음에 기회가 되면 소식 주실 것입니다.

이모진 그분과 헤어질 때 이별의 인사를 못했어.   25

말해드릴 정말 애정 어린 이야기들이 있었는데.

어느 시간에 그를 생각할지를, 그리고 이런 생각,

저런 생각을, 또는 그에게 이탈리아의 어떤 여자

때문에 나의 이익이나 명예에 반해 배신하지   30

않겠다고 맹세시키려고도 했었지. 또는 아침 여섯

시와 정오, 자정에 기도하라고 요구하고 그러면 그때

나도 그를 위해 천국에 있으니 기도하고 있는 나와

조우하자고 말하고 싶었거든. 아니면 그 예를 두

마디의 말 앞뒤에 끼워 넣고 그 사이에 이별의   35

키스를 하려 했는데, 냉혹한 북풍과도 같은 부왕께서
나타나서 막 피어나는 꽃봉오리와 같은 내 사랑의
감정들을 흩날려 버렸어.

시녀 등장.

시녀 공주마마,
왕비마마께서 오시라 하십니다.
이모진 내가 너에게 명한 일들을 곧 처리하도록 해라.
나는 왕비께 갈 것이다.
40 **피사니오** 예, 마마. 그리하겠습니다.   [퇴장.]

5장

필라리오의 집. 로마.

필라리오, 이아키모, 프랑스 인, 네덜란드와 스페인 인 등장.

이아키모 그렇다네, 나는 그를 브리튼에서 만난 적이 있어요.
그 당시 그의 평판은 아주 잘 나가고 있었고, 그래서
오늘날의 그러한 명성도 그때부터 예상된 것이지.
그러나 나는 크게 감탄하지 않고 그를 살펴볼 수
있었거든. 비록 그의 좋은 자질들이 적힌 목록이 그의   5
곁에 나란히 놓여 있는 것을 조목조목 살펴본 것이지만.

필라리오 자네 이야기는, 그때는 그가 지금보다도 안과 밖이
미덕으로 잘 갖춰지지 않았었다는 말이로구먼.

프랑스 인 나는 프랑스에서 그를 보았소. 우리는 그 사람처럼 확고한   10
눈빛으로 태양을 바라볼 수 있는 사람들[2]이 거기에 많음을 보았지요.

이아키모 그런데 자신이 왕의 딸과 결혼하였다는 사실에서, 그가 자기
자신의 가치보다는 그녀의 가치에 의해 평가 절상되었다는 점을

---

2. 포츠머스는 눈을 감지 않고 태양을 바라볼 수 있는 독수리에 비유되었는데, 이 독수
리의 이미지는 이 작품에서 매우 중요하다. 이모진도 이미 아버지 심벨린에게 '독수
리를 선택했다'(1.2.70)라고 말한 바 있다. 엘리자베스시대 사람들은 새들 중의 왕인
독수리만이 태양을 바라볼 수 있다고 믿었는데, 여기서 이모진은 자신의 남편 포츠
머스를 독수리처럼 뛰어난 인물이라고 보고 있음을 알 수 있다.

감안하여야 할 것 같소. 바로 그 점 때문에 의심할 나위 없이
15   그가 실제보다 더 좋은 평판을 받는다고 말할 수 있지요.

프랑스 인   그리고선 추방되었지.

이아키모   예, 그리고 이 애처로운 이별에 눈물을 흘리는 공주 쪽
        인사들이 그 사람을 무조건 칭찬하고 있는데, 바로 그들의
        이러한 칭찬이 공주가 올바른 선택을 했다는 판단을 강화시켰고,
20   이 때문에 그의 가치도 과장된 것이오. 그렇지 않다면 그녀가
        별 신분도 없는 거지를 고른 것이라는 한 마디 비난의 포격에
        폭삭 무너져 내릴 판이지요. 그런데 어찌하여 댁에서 지내게
        됐소? 어떻게 구렁이 담 너머 가듯 알게 되었냐고요?

필라리오   그의 부친과 나는 같이 군 복무를 하였는데 그분이 내 목숨을
25   여러 번 구해준 인연이 있었지요. ― 마침 그 브리튼 인이 나타나는
        구료. 여러분들은 교양 있고 경험도 많으신 신사분들이시니까
        그를 품위 있는 한 명의 외국인으로서 잘 대접해 주십시다.

포츠머스 등장.

나는 여러분 모두에게 이 신사분을 더 잘 알고 지내시길 간청
30   합니다. 이분은 나의 고귀한 친구들 중 한 분임을 말씀드리는
        바요. 이분이 얼마나 훌륭한지는 본인 앞에서 내가 이야기하는
        것보다는 앞으로 차차 자연히 알게 될 것이오.

프랑스 인   경, 오를레앙에서 뵈었습니다.

포츠머스   제가 그때 이래로 경이 베풀어 주신 호의에 빚진 자가 되어서,
35   앞으로 그 은혜를 갚고 또 갚아야 할 듯합니다.

프랑스 인 경, 저의 보잘것없는 친절에 대해 과찬하시면 오히려
제가 더 부끄럽습니다. 저는 당시 제 고국 사람과 경
사이를 화해시킬 수 있어서 기뻤습니다. 그때 두 분이
그렇게 사소하고 하찮은 일로 서로가 목숨을 걸고 결투를
벌였다면 참 유감스러운 일이었지요.   40

포츠머스 이런 말씀드려 죄송합니다만, 그 당시 저는 젊은 여행자라서
저의 모든 행동은 다른 분들의 경험에 안내받고 따라야 했는데,
그러기보다는 오히려 내가 들은 것을 피하려고 했었습니다.
그러나 고친 저의 판단에 따르면—만약 '고친' 이라는 말이 잘못
말한 것이 아니라면— 저의 다툼이 전적으로 하찮은 것은   45
아니었습니다.

프랑스 인 예, 그러나 검으로 결판을 내야 할 그런 사건은 아니었던 것
같습니다. 하마터면 두 사람 중 어느 한쪽이 죽던가, 둘 다 죽을
수도 있을 뻔했습니다.

이아키모 괜찮으시다면, 어떤 견해차가 있었는지 여쭈어 보아도 될까요?   50

프랑스 인 물론 괜찮지요, 제 생각에는 그건 모든 사람들이 보는
곳에서 벌어진 싸움이라 얘기해도 반박당할 여지는 없을
겁니다. 그 싸움은 어젯밤 우리들이 벌인 논쟁과 아주
비슷한데요, 그때 각자 자기 나라 여인들을 자랑했었는데
이 신사분이 자기의 목숨을 담보로 걸면서까지 단언하기를,   55
그들의 여인이 프랑스의 가장 뛰어난 여인보다 더
아름답고, 덕스럽고, 현명하며, 정숙하고, 지조 있고,
뛰어나며 이성에게도 덜 유혹 당한다고 했습니다.

60 **이아키모** 그런 여인은 현재 생존해 있지 않을 겁니다. 아니라면 이 신사분의
생각도 이제 진부한 것이 되었거나 하겠지요.

포츠머스 그녀는 아직까지도 자신의 덕성을 간직하고 있으며 내 마음도
변함없습니다.

이아키모 그래도 우리 이탈리아 여인들에 비교해서 훨씬 더 낫다고
칭찬하시면 안 될 것입니다.

65 **포츠머스** 내가 프랑스에 있었을 때에도 그렇게 나를 자극했지만, 나는
조금도 그녀를 폄훼하고 싶지 않아요, 비록 나 자신이 그녀의
친구가 아니라 그녀의 숭배자라고 주장하고 싶지만.

이아키모 아름답고 선하다고 하는 말은—이는 흔히 같이 쓰이는
말이지만—모든 브리튼 여인들에게 너무나 아름답다, 선하다는
70 말을 써 왔던 것 같소. 그런데 당신 손가락에 낀 그 다이아몬드가
내가 지금까지 본 수많은 다이아몬드보다도 훨씬 더 월등히
빛나듯이, 당신의 그 여인이 내가 만난 다른 여자들보다 훨씬 더
훌륭하다면, 나도 그렇다고 믿게 되겠지만, 그러나 나는 이
세상에서 가장 진귀하다는 다이아몬드를 본 적도 없을 뿐만
아니라 당신도 그런 최고의 여인을 본 적이 없을 것이오.

포츠머스 나는 나 자신이 평가한 대로 그녀를 칭찬한 것이고 내 보석도
마찬가지입니다.

75 **이아키모** 그 보석의 가치를 얼마로 평가하시나요?

포츠머스 이 세상 무엇보다도 더 가치 있다고 봅니다.

이아키모 그렇다면 비할 바 없다는 당신의 여인은 이미 죽었거나
아니라면 칭찬이 너무 과한 것이군요.

포츠머스 그건 잘못 생각하신 겁니다. 세상의 모든 물건은
그것을 살 재력이 있는 사람에게 팔 수도 있고, 또 그것을   80
선물로 받을 만한 가치가 있는 사람에게 줄 수도 있는
것입니다. 그러나 어떤 다른 것은 살 수도 없고, 또 오직
신들의 선물인 것이 있습니다.

이아키모 그렇다면 그 여인을 신들이 당신에게 주셨다고요?

포츠머스 신들의 은혜로 앞으로도 계속 본인이 간직할 것입니다.

이아키모 명목상으로는 그럴 수도 있겠지만, 그러나 아시다시피   85
낯선 날짐승들이 이웃에 있는 연못에 날아와 놀 수도 있는
법이고, 또한 당신의 반지도 도둑맞을 수도 있는바, 이렇게
되면 값을 매길 수 없는 당신의 버팀대를 잃을 수도 있는데
하나는 깨지기 쉽고 다른 하나는 뜻밖의 일을 당하는 셈이
되지요. 그러면 어떤 교활한 도둑이나, 아니면 그 방면에
기량이 뛰어난 어느 바람기 있는 신하가 그 둘 다를 손에
넣으려고 모험을 할 수도 있을 겁니다.   90

포츠머스 당신네 이탈리아에는 내 여인의 정조를 빼앗을 수 있는 능력
있는 한량은 절대 없을 것이요. 당신은 여인이 정조를 지키느냐,
잃느냐를 두고 여자의 나약함을 말하는 것이겠지만 나는 당신네
나라에 도둑놈들이 우글거린다는 것을 전혀 의심치 않아요.
그럼에도 불구하고 내 반지에 대해서는 조금도 걱정하지 않소이다.   95

필라리오 신사 여러분 그 이야기는 이쯤에서 그만둡시다.

포츠머스 예, 정말 그럽시다. 이 훌륭한 신사 분께 감사드립니다.
저를 격의 없이 대해 주셔서, 우린 처음부터 친해졌습니다그려.

100 **이아키모** 지금의 다섯 배 만큼 더 대화를 나누면 내가 당신의 아름다운
부인의 땅[3]을 차지하고 물러나서 심지어 항복까지 받아낼 수
있소. 내가 친구로서 사귈 기회를 얻게 된다면 말입니다.

포츠머스 아니오, 안됩니다.

105 **이아키모** 그렇다면 당신의 그 반지에 내 재산의 절반을 걸겠는데, 그
액수는 내 생각에 당신 반지의 가치보다 다소 높을 것이요. 내가
내기를 하려는 것은 당신이 다소 과대평가를 하는 것 같아서요.
그러나 그녀의 명성보다는 당신의 신뢰에 대해 걸겠소이다.
그리고 또한 당신이 기분 상할 것을 방지하기 위해, 나는 이 세상
110 모든 숙녀분들을 대상으로 감히 그렇게 하겠다는 말입니다.

포츠머스 당신이 지나치게 대담한 확신을 갖는 것은 매우 잘못된 것임
으로 반드시 그런 시도로 인해 대가를 치르게 될 것이라고 나는
확신하는 바요.

이아키모 왜지요?

115 **포츠머스** 거절당할 것이오, 하긴 그러한 시도는 거절 정도가 아니라
그 이상인 천벌을 받아 마땅하오.

필라리오 두 신사분들, 이제 그만들 하시지요. 갑자기 이런 이야기가
튀어 나왔습니다요. 갑자기 시작했듯 갑자기 끝냅시다. 이제
두 분 모두 더 친하게 지내시기 부탁합니다.

120 **이아키모** 내가 한 말을 입증하기 위해서라면 나의 재산뿐만 아니라
이웃 사람의 재산까지 다 걸겠소.

---

3. 땅은 '밑, 아래'의 뜻도 있는 말로 여성의 아래쪽 즉, 기회가 있다면 정조를 빼앗을
자신이 있다고 암시하고 있다.

포츠머스 당신이 공략하기로 정한 여인은 누구요?

이아키모 당신 부인이요, 당신이 줄기차게 그 정숙함이 매우 안전하다고
　　　　생각하고 있는 바로 그 여인 말씀이지요. 자 내가 당신 반지에
　　　　일 만 더커트⁴를 걸겠으니 당신의 부인이 있는 궁전에 나를 좀 　　125
　　　　소개시켜 주시고, 더도 말고 딱 두어 번만 대화를 나눌 기회를
　　　　갖게 해주면 당신이 철석같이 안전하다고 믿는 당신 부인의
　　　　정조를 얻어 갖고 오겠소이다. [웃음]⁵

포츠머스 당신의 금화에 대해 나도 금화를 걸겠소. 내가 끼고 있는 이
　　　　반지는 내 손가락같이 소중하지, 내 손의 일부나 마찬가지요. 　　130

이아키모 여 친구, 당신도 여자에 대해서 뭘 좀 아는군, 그런 의미에서
　　　　영리한 사람이네그려. 만일 귀하가 백만금을 가지고 여자의 살
　　　　한 줌을 산다고 해도 그것이 썩지 않도록 보존할 수는 없지,
　　　　근데 내가 보기에 걱정하는 걸 보니 어떤 미신을 믿는 것 같소.

포츠머스 그렇게 말하는 것은 당신의 말버릇일 뿐, 내가 생각건대 　　135
　　　　마음속에는 더 중대한 목적을 품고 있을 것이요.

이아키모 나는 내가 한 말에 대해 책임을 지는 사람이오, 입 밖에 낸
　　　　말은 책임집니다, 맹세하오.

포츠머스 그런가요? 그렇다면 돌아오실 때까지 내 다이아몬드 반지를
　　　　빌려드리겠소, 자 우리 서로 계약서를 작성합시다. 내 아내는 　　140

---

4. 「베니스의 상인」에서 보면 부유한 포샤에게 청혼하기 위해 밧사니오가 친구 안토니
　오에게 요청해서 샤일록에게 빌린 돈이 삼 천 더커트였는데 일 만 더커트라면 이보
　다 3배가 넘으므로 상당히 큰 금액으로 보인다.

5. [웃음]은 역자 첨가.

정결함에 있어 당신의 엄청나게 무가치한 망상을 능가하고도
남습니다. 나는 감히 이 내기로 당신께 도전하겠소. 내 반지
여기 있소.

필라리오 나는 내기에는 관여하지 않겠소.

145 **이아키모** 신들이 증인이시듯, 이건 내기 맞습니다. 만약 내가 당신의
사랑스러운 부인의 육체를 즐겼다는 충분한 증거를 갖고 오지
못한다면 나의 일 만 더커트는 당신 것이고, 당신 반지도 역시
도로 당신 것이 될 것이오. 즉 만일 내가 돌아와서도 당신
부인이 당신이 믿고 있는 것처럼 여전히 정숙하게 있다면, 그
150 경우 당신의 보배인 그녀와 당신의 이 다이아몬드 반지, 그리고
나의 금화는 모두 당신 것이 된다는 말입니다. 다만 내가 거기서
잘 환대 받을 수 있도록 추천장이나 하나 써주셔야겠습니다.

포츠머스 이러한 조건들을 받아들이겠소. 자 우리 양자 간 계약서에
넣을 조항들을 적읍시다. 만일 당신이 그녀 위로의 항해에
155 성공하고서 나에게 즉시 정복에 성공했다고 알려주면, 나는 더
이상 당신의 적이 아닙니다. 그녀는 우리가 논쟁할 가치가 없기
때문이죠. 반대로 그녀가 유혹에 넘어가지 않았고 또 당신도
당신의 잘못된 주장에 대해 그렇지 않다는 증거를 보여주지
못한다면, 그것은 그녀의 순결을 모욕한 것이기 때문에
160 그때 당신은 당신의 검으로 나의 질문에 답해야 할 것이오.

이아키모 자 손을, 악수합시다. 우리가 이 계약 사항을 정식으로
체결한 다음, 곧 브리튼으로 떠나겠소. 이 계약이 감기에
걸리거나 굶어 죽게 하면 안 되니깐 말이오. 내 돈을 가져

오겠소. 그리고 우리의 두 가지 내기 내용을 기록해 두겠소.   165

포츠머스 동감이오.   [포츠머스와 이아키모 퇴장.]

프랑스 인 이 내기가 실행될 것으로 보시나요?

필라리오 이아키모 씨는 자기가 한 말은 꼭 지키는 사람이죠.

저 사람들을 따라가 봅시다.   [퇴장.]   170

6장

브리튼. 심벨린의 궁전.

왕비, 시녀들, 코넬리어스 등장.

왕비 땅 위의 이슬이 아직 마르기 전에 꽃을 꺾어 두어라, 어서
서둘러라. 꽃 목록을 누가 갖고 있느냐?

시녀 1   접니다, 마마.

왕비 빨리 가져와라.   [시녀 퇴장.]
자 박사, 그 약들을 가져왔나요?

5   **코넬리어스** 예 마마, 여기 있습니다. [작은 상자를 건넨다.]
그런데 송구스럽습니다만 전하, 제 양심상 여쭙니다만,
이렇게 독성이 강한 독약을 어디에 쓰시려고 저에게 만들게
하셨는지요? 이 약은 쇠약해져서 죽게 하는 성분이 있어서
비록 효과는 서서히 나타나지만 치명적인 약입니다.

10   **왕비**   놀랍네요, 박사.
그대가 나에게 그런 질문을 하다니요. 나는 오래전부터 그대의
제자가 아니었던가요? 박사는 나에게 향수 만드는 법을 가르쳐
주었잖소? 증류하는 법, 보존법을! 그래서 폐하 자신조차도
이따금 내가 조제한 약을 달라고 조르곤 하셨잖소? 내가
15   지금까지 이 정도로 해왔을진대, 그대가 나를 악녀로 생각하지

않는 이상, 내가 또 다른 실험결과들을 확인해봄으로써 나의
견식을 넓히고 싶지 않겠느냐 말이오. 나는 당신이 만든 이
독약을 가지고 숨통을 끊어 놓을 가치가 없는, 인간이 아닌
살아 있는 동물에게 그 독약의 강도를 실험해 보고, 또
그 독성을 완화시키는 작용을 하는 해독제도 써 봐서 각각의   20
약들의 효능과 효과를 실험해 보려고 하오.

코넬리어스 마마, 이런 실험을 하시게 되면 마마의 심장을 딱딱하게
만들고, 게다가 약들의 효과를 지켜보시는 것도 유독하고
중독되실 우려도 있사옵니다.   25

왕비 아, 안심하세요.

피사니오 등장.

[방백] 아첨꾼 녀석이 이리로 오는군, 먼저 이 녀석에게
약효를 실험해봐야겠군. 그놈이 저 녀석의 주인이니,
이 아첨꾼 녀석은 내 아들의 원수지. 웬일이냐, 피사니오?
박사, 오늘 일은 이쯤 끝내시고, 물러가서 당신 일이나   30
보세요.

코넬리어스 [방백] 사모님, 왠지, 뭔가 미심쩍소이다.
그러나 그 약으로 해로운 짓은 못할걸.

왕비 [피사니오에게] 여봐라, 잠시 할 이야기가 있구나.

코넬리어스 [방백] 아 저 여자 정말 싫다. 왕비는 천천히 약효가
나타나는 독약을 손에 넣었다고 생각하겠지. 나는 저 여자의   35
심성을 잘 알아. 저렇게 악독한 여자에게 그런 무서운 독약을

내 줄 수는 없는 일. 저 여자에게 준 것은 잠시 동안 감각을
마비시키는 약인데, 아마 그 약을 우선은 고양이나 개에게 써
보고 후에는 사용 대상을 높일 테지. 그러나 얼마동안 정신을
40 마비시켜서 죽은 듯 보이기는 하지만 위험하지는 않고,
깨어나면 더욱 생생해지는 약이거든. 왕비는 거짓 효과를 보고
속겠지만, 저런 못된 여자를 속이는 나는 더 진실한 사람이다.

왕비 박사님, 더 이상 용무는 없으니
내가 다시 부를 때까지 그만 물러가세요.

45 **코넬리어스** 그럼 소인은 이만 물러가겠나이다. [퇴장.]

왕비 공주는 아직까지 운다고 했느냐? 너는 어찌 생각하느냐,
그녀가 어리석은 마음이 풀리면 지금 어리석음이 들어차 있는
곳에 명령이 받아들여지게 할 수 있겠느냐? 네가 좀 움직여야
겠다. 공주가 내 아들을 사랑한다는 말을 네가 나에게
50 가져오기만 하면, 곧바로 너의 신분을 너의 주인만큼, 아니
더 높이 높여 줄 것이다. 왜냐하면 네 주인의 운세는 이루
형언할 수 없는 상태에 처해있고 그의 이름도 마지막 숨이
멎을 단계에 와 있기 때문이다. 그자는 복귀할 수도 없고,
한 장소에 계속 있을 수도 없는바, 거처를 바꾼다 하더라도
55 현재의 비참한 상황을 단지 또 다른 비참함으로 바꾸는
것에 지나지 않는 것이니, 그저 매일매일 파멸을 향해
살아가고 있을 뿐인 것이다. 그렇게 쓰러져가는 사람에게
무엇을 의지하겠다고 기대하느냐? 다시 일어설 수도 없고,
조금이라도 받쳐줄 친구도 없는 사람에게 말이다.

[왕비가 상자를 떨어뜨리자 피사니오가 그것을 집어 든다.]
너는 그것이 무엇인지도 모르고 집어 들었다. 그러나 이왕
애써서 그걸 집었으니 갖도록 해라. 그건 내가 직접 만든
약인데 폐하를 죽음으로부터 다섯 번이나 살려낸 약이니라.
나는 이 약보다 더 기운을 돋우는 것을 알지 못한다.
아니야, 부디 이걸 받아 두어라. 앞으로 내가 그대에게
더 잘해 주겠다는 하나의 증표이다. 자 너의 여주인에게
가서 그녀가 직면한 상황이 어떤지 말해줘라. 너 자신이
스스로 하는 이야기처럼 잘 이야기해라. 그대가 마음을
바꾸면 어떤 행운이 있을지 생각해봐라. 그런다 해도
그대의 여주인은 여전히 그대로라는 것을 생각해라. 뿐만
아니라 내 아들도 그대의 뒷배를 잘 봐줄 거다. 나도
폐하에게 가서 네가 원하는 벼슬자리를 주라고 부탁해서
너를 출세시켜 주겠다. 너에게 부탁하는 나도 너를
모른 체하지 않고 넉넉히 보상해 줄 것이니라. 내 시녀들을
불러라. 내 말을 잘 생각해봐라.　　　　　　　[피사니오 퇴장.]
음흉하고 고집스러운 놈. 꿈쩍도 하지 않는군,
제 바깥주인의 대리자가 되어서, 공주가 제 주인과
맺은 결혼 서약을 잊지 않도록 늘 상기시켜 주는
놈이로군. 그러나 내가 그 독약을 주었으니 만일
저 녀석이 그걸 먹기만 하면, 공주를 돌봐줄 인간은
없어질 것이고 다음으로 공주가 끝내 고집을 부리면
그녀 역시 독약 맛을 보여줘야겠군.

피사니오와 시녀들 재입장.

그래, 그래 수고들 했다. 잘했어. 제비꽃, 금잔화,

달맞이꽃들을 내 방에 가져다 놓아라. 그럼 피사니오,

잘 가시게. 내 말 잘 새겨서 듣고.　　　　[왕비와 시녀들 퇴장.]

85　**피사니오**　예, 잘 알겠습니다.

그러나 주인 나리를 배신할 바에야 나는 차라리 목매서 죽을

것이다. 내가 당신을 위해서 할 수 있는 것은 이뿐이외다.

7장

브리튼. 심벨린의 궁전.

이모진 혼자 등장.

이모진 매정한 아버지, 음흉한 계모, 유부녀에게 애정을
구걸하는 바보, 그 여자 남편은 당했구나. ─오,
그 남편은 내 슬픔의 최정상이라네. 그리고
그것들은 반복되는 마음의 고뇌! 나도 도난당한
두 오빠처럼 사라져 버린다면 행복할 텐데,   5
그러나 명예로운 욕망은 가장 비참한 것. 설령
미천하더라도 분수에 맞는 정직한 소망이
이루어진다면 위로의 양념이 더해서 행복할 수
있을 텐데. ─저건 누굴까? 아 귀찮아!

피사니오와 이아키모 등장.

피사니오 공주마마, 로마에서 한 귀한 신사분이 주인 나리의   10
편지를 갖고 오셨습니다.
이아키모 마마, 놀라지 마십시오. 고귀하신 레오나터스 경은
무탈하십니다. 그리고 그분의 애정 어린 안부 인사를
전해드립니다.   [편지를 건네준다.]

15   **이모진** 고맙습니다. 뵙게 되어 기쁩니다. 진심으로 환영합니다.

　　　이아키모 [방백] 이 여인의 외모는 더할 나위 없이 아름답구나!

　　　　　　만약 내면도 이와 같은 아름다움으로 치장했다면 그녀는

　　　　　　홀로 아라비아의 불사조처럼 세상에 으뜸일 것이로다.

　　　　　　그러면 나는 내기에서 졌네(관객 웃음). 용기여 내 편이 되어

20　　　　　　다오! 머리부터 발끝까지 대담무쌍으로 나를 무장시켜라.

　　　　　　아니라면 파르티아인[6]처럼 후퇴하면서 화살이나 쏘며 공격

　　　　　　하거나, 곧장 내빼련다.

　　　이모진 [편지를 읽는다.] 이분은 가장 고귀하신 분들 중 한 분으로

　　　　　　나는 그의 친절함에 갚을 수 없는 신세를 졌소. 당신이

　　　　　　신뢰하는 나에게 하듯 이분을 잘 대접해주길 바라오.

25　　　　　　　　　　　　　　　　　　　　　　　　레오나터스.

　　　　　　지금까지는 제가 소리 내어 읽었습니다.

　　　　　　그러나 나머지 부분은 제 마음 한가운데가 뜨거워져

　　　　　　와서 더 이상 못 읽겠네요. 그래요, 이 편지 감사히

　　　　　　읽겠습니다. 귀빈이신 선생님을 제가 할 수 있는 모든

30　　　　　　말로써 환영합니다. 그리고 내가 할 수 있는 정성을 다해

---

6. 과거 파르티아 인 기마궁수들은 그들의 전투 전술이 속담으로 회자될 정도로 유명
　했다. 그들의 방법은 전투에 승산이 작을 경우 말을 빨리 몰고 도망치면서 뒤쪽의
　적들에게 작은 화살을 쏘아 피해를 입히는 것이었다. 이아키모는 예상과 달리, 막상
　이모진을 보니 외모가 출중하고, 또 풍기는 기품으로 보아 내면도 정숙할 것 같은
　예감이 들었으므로 만일 여의치 않으면, 파르티아 인의 화살처럼, 물러가면서 포츠
　머스와 이모진 부부간의 신뢰에 피해를 줄 수 있을, 어떤 회심의 일격을 가해 볼까
　하는 생각을 하고 있는 것이다.

그렇게 모시겠습니다.

이아키모   감사합니다. 아름다우신 부인.

[방백] 아, 인간들은 미쳤단 말인가? 자연은 인간에게
둥근 하늘을 볼 수 있고, 그리고 바다와 육지의 풍부한
소산을 볼 수 있는 두 눈을 주었고, 그래서 천체 위에서
불타는 별과 태양을, 또한 해변의 수많은 쌍둥이 같은   35
모래알들도 볼 수 있도록 했건만, 어찌해서 우리는 이렇게
훌륭한 시력[7]을 가지고서 아름다운 것과 천한 것을
구분하지 못한다는 말인가?

이모진 왜 그리 놀라십니까?

이아키모 [방백] 이건 시력 때문이 아닐 거야. 꼬리 없는 원숭이나
꼬리 있는 원숭이도 그런 두 종류의 여자를 구별해서   40
이쪽은 수작을 걸어보고, 다른 쪽은 얼굴을 찌푸리며
못생겼다고 경멸할 것이다. 바보 천지도 이런 미인을 고를 땐
현명하게 결정할걸. 욕정 때문도 아니야.
난잡한 잡년을 보고, 이처럼 단아하고 뛰어난 미인과
대비시키면 속을 비우도록 다 토하고 싶고, 먹고 싶은 생각도   45

---

7. 원문에서 이를 'spectacles'로 쓴 것에 대해서는 비평가들 사이에서 의견이 분분하다.
'눈'이나 '시력'으로 번역하는 것은 이아키모의 앞선 말 중에 '눈'(eyes)이라는 단어
가 있기 때문에 약간 이상하다. 그러나 눈이 있으면서 제대로 구별 못하는 것은 색
안경, 또는 선입견 때문이라는 것을 넌지시 비판하고자 반어적으로 'spectacles'를
썼다고 볼 수도 있다. 한편 외국학자 중에는 이를 이모진의 외모를 묘사한 훌륭한
광경, 모습(show)으로 보기도 한다. 연출의 의도에 따라 의미를 조정할 수 있을 것이
다.

없어질 것이다.

이모진 무슨 일이세요?

이아키모 [방백] 물리도록 탐식하는 욕망, 물리고도 불만족스런 욕망,
채워지자 새나가는 통이로구나. 처음에는 어린 양을
게걸스럽게 먹어치우고 한참 후에는 찌꺼기까지 청소하듯
쓸어 먹는 형국이구나.

50 **이모진** 저, 무슨 생각에 그리 넋이 나가신 건가요?
괜찮으신가요?

이아키모 감사합니다, 부인. 괜찮습니다.
[피사니오에게] 이보시게, 미안하지만 내 하인에게
나와 헤어진 곳에서 기다리라고 전해주게나.
그 녀석은 성격이 이상하고 까다롭다네.

55 **피사니오** 마침 가보려고 했습니다. 그를 맞으려고요. [퇴장.]

이모진 제 남편은 여전히 잘 지내시지요? 건강은 어떠신가요?

이아키모 예, 잘 계십니다, 부인.

이모진 명랑하게 지내시나요? 그랬으면 좋겠습니다.

이아키모 매우 즐겁게 지내십니다. 거기에 그처럼 즐겁고 아주
60 명랑한 외국인 없어서 사람들은 그분을 브리튼 한량이라고
부르고 있습니다.

이모진 여기 계실 때에는 우울해 하시는 경향이 있었어요. 이따금
이유도 알 수 없이 말입니다.

이아키모 저는 그분이 우울해 하는 모습을 전혀 본 적이 없습니다.
65 그의 친구 중에 프랑스 인이 있습니다만, 신분이 높은

사람인데, 보기에 고향에 무척 사랑하는 갈리아 인[8] 처녀를
두고 온 것 같더군요. 그녀를 보고 싶은 괴로움 때문에
용광로에서 열기를 뿜듯 더운 한숨을 내쉬면, 그 유쾌한
브리튼 양반은, 아 부인의 부군 말씀입니다요. 호탕하게
웃어대며 "이거 원 우스워서 옆구리 터지겠소. 역사나,
세인의 평가나, 그리고 자신의 경험에서 얻은 증거를   70
통해서도 여자란 무엇인지, 여자란 실로 어쩔 수 없는
존재라는 것을 알만한 사내가 약혼이란 속박 때문에 이런
자유로운 시간을 괴로워하며 보내다니요?"라고 하더군요.

이모진 제 남편이 그렇게 말했어요?

이아키모 예, 부인. 하도 웃어서 눈에 눈물이 가득 고였습니다.   75
곁에서 그분이 프랑스 친구를 놀리는 것을 듣노라면 그건
재미있는 오락거리입니다. 그러나 어떤 사람들은 크게
비난받아야 마땅하다는 것을 하늘도 아시지요.

이모진 그분은 아닐 것입니다.

이아키모 아니지요. 그렇지만 하늘이 내려 주신 은혜를 좀 더
감사히 간직하여야겠지요. 본인 자신도 큰 자질을 수여   80
받았을 뿐만 아니라, 그분에게 속한 부인은 더할 나위
없이 하늘의 큰 축복이니, 저는 경탄하면서도 한편으로는
동정심을 금할 길 없습니다.

이모진 왜 동정심이 드시나요?

이아키모 진심으로 두 사람을요.

---

8. 프랑스 인.

이모진 한 사람은 졉니까? 저를 쳐다보시는 군요.

저에게서 선생님의 동정을 받을 만한 몰락의 징후를

발견하셨나요?

85 **이아키모** 애처롭구나!

찬란한 태양으로부터 자신을 숨기려고 토굴감옥에

들어가서 꺼져가는 촛불의 위로를 받다니!

이모진 선생님 제발요.

제 질문에 보다 솔직하게 말씀해 주시길 간청합니다.

왜 제가 동정 받아야 하는지요?

90 **이아키모** 다른 여자들이 하는ㅡ제가 이야기하려던 것은,

즐긴다는 당신의ㅡ그러나 그건 신들께서 벌하실

일이지 제가 뭐라고 이야기할 일은 아니지요.

이모진 선생님은 저의 무언가를, 아니면 저와 관계있는 어떤 일을

아시고 계신 듯한데, 부탁드립니다. 일이 잘못되지 않을까

95 의혹을 품는 것이 일이 잘못된 것을 확인하는 것보다

종종 더욱 상처가 되기도 한답니다. 확실한 사실이라면

방법이 없으니 어쩔 도리가 없겠지요. 아니면 적절한 시기에

알게 된 것이라면 제가 해결방법을 찾을 수도 있고요.

하시다가 마신 말씀을 어서 계속해 주세요.

100 **이아키모** 내가 이 뺨에 내 입술로 적실 수 있다면, 그리고

이 손, 이 손의 감촉은, 매번 만질 때마다, 단지

만져만 보아도 영혼을 걸고 충성을 맹세하지 않을 수

없는 이런 손을 만져 본다면, 격렬하게 떨리는 나의

눈동자를 가두어 버리고 바로 여기에서 불태워 버리는
이런 대상을 두고서, 주피터 신전 계단같이 누구나   105
오를 수 있는 흔한 입술들에 군침을 흘리거나 매시간
노동자의 손처럼 거짓과 음란함으로 굳은살 박인
손을 마주 잡고, 악취 나는 짐승 기름을 먹인 그을음.
나는 촛불처럼 천하고 윤기 없는 눈으로 힐끔 훔쳐볼
것이라면, 그런 반역자는 지옥의 온갖 역병이 우연히   110
한꺼번에 떨어져 맞아야 할 것이다.

이모진 선생님, 그분이 고향 브리튼을 잊으셨는지
　　　　걱정스럽군요.

이아키모 자기 자신도 잊고 있습니다. 아니 저는, 그의 비밀을
　　　　폭로하는 것 같은 생각이 들어서 발설치 않으려고 했는데,
　　　　변해도 워낙 천박하게 변해서요. 그런데 부인의 기품이   115
　　　　저의 혀에 마력을 걸어 저의 침묵하는 양심으로부터 이
　　　　사실을 보고하지 않을 수 없게 하였습니다.

이모진 더 이상 듣지 않게 해 주세요.

이아키모 오 소중하신 분이여. 부인의 처지를 생각하니 연민이
　　　　제 마음을 치고 저를 병들게 하는군요. 부인, 이처럼
　　　　아름다우시고 제국을 계승한 가장 위대한 왕의 권위를   120
　　　　두 배로 만들어 주실 수 있는 분께서, 그 반열이 겨우
　　　　돈으로 산 창녀들과 같은 대접을 받게 되다니! 그리고
　　　　그 돈도 이런 부인의 돈궤에서 나왔다니! 매춘부들,
　　　　돈만 주면 자연에서 생겨난 온갖 더러움에 걸린 모든

125 병자하고도 상대해 주는 그런 것들이로다!

　　　　복수를 하십시오. 그렇지 않으면 공주님을 낳으신 분은

　　　　정식 왕비님이 아닐 것이며 그리도 위대한 혈통에도

　　　　오점이 될 것입니다.

이모진 복수라니!

　　　　내가 어떻게 복수해야지요? 이것이 진실이라면,

130　　　내 두 귀로 들은 것만으로 성급하게 단정하지는 않으려

　　　　하지만, 만약 그것이 사실이라면, 나는 어떻게 복수를 해야만

　　　　하지요?

이아키모 그자는 다이애나의 사제처럼 부인을

　　　　차가운 잠자리에 눕히고서, 그동안 부인의 본의와는

　　　　다르게 부인의 지갑에서 나온 돈으로 온갖 뻔뻔스러운

135　　　매춘부들을 뛰어넘고 있다니, ― 복수하셔야지요.

　　　　저는 이 한 몸 부인의 후련한 만족을 위해서 바치겠습니다.

　　　　저는 그 변절자보다 더 고귀한 출신이며, 그리고 부인의

　　　　애정에 대해 변함없이 굳게 보답할 것이오며, 장담컨대

　　　　그럼에도 비밀은 지키겠나이다.

이모진 이봐요, 피사니오! (이아키모의 말에 화가 나서)

140 **이아키모** 저의 충심을 부인의 입술에 바치게 해주십시오.

이모진 가까이 오지 마세요. 지금까지 장시간 동안 당신의

　　　　이야기를 경청한 내 귀를 꾸짖고 싶네요. 만일 당신이

　　　　명예로운 인물이라면, 그와 같이 천하고 이상한 목적을

　　　　구할 것이 아니라 미덕에 관한 이야기를 했을 것입니다.

그분의 명예와는 거리가 아주 먼 터무니없는 고자질을   145
하다니, 당신은 아주 나쁜 신사군요. 그리고 여기 와서
그분의 아내를 유혹하기까지 하다니, 당신을 경멸해요.
당신은 악마와 같은 사람이에요. 여봐라, 피사니오!
왕이신 나의 부친께 그대의 폭언을 고하겠어요. 만약
부왕께서, 어떤 건방진 이방인이 로마의 매음굴에   150
온 것처럼 자신의 왕궁에서 장사를 하려 하고, 짐승 같은
욕정을 나에게 장황하게 늘어놓는 것이 적절하다 하시면
이는 왕궁의 안위를 걱정치 않으신다는 것일 뿐만
아니라, 당신의 영애인 공주조차 전혀 존중치 않으신다는
뜻이겠지요.   155

이아키모 오 행복한 레오나터스여! 내 단언하노니, 그대에 대한
부인의 믿음은 그대의 신뢰를 받을 만하구나.
그리고 그대의 완벽함은 그녀의 확고한 신뢰가 당연하도다.
오래오래 축복받으며 살아라! 지금까지 이 나라의 신하 중
가장 귀한 분의 부인되시는 숙녀이시여, 그분의 아내 되시는   160
공주께서는 가장 훌륭한 분의 가장 적합한 짝이십니다.
저의 무례를 용서하여 주시기 바랍니다. 제가 그런 거짓말을
한 이유는 부인의 남편에 대한 신뢰가 얼마나 깊이 뿌리
내려있는지 아닌지를 알고자 했던 것이며, 그래서 부인의
충실한 남편이 확실히 충실한 분이라는 사실을 새롭게   165
밝혀보려는 생각에서 그랬던 것입니다. 그는 과연 가장
충실한 분이며, 모든 모임에서 황홀케 하여 뭇 사내들의

마음을 절반이나 빼앗는 매우 신성한 마법사 같은 분이죠.

이모진 바르게 고쳐 말씀하시는군요.

이아키모 그분이 사람들 사이에 좌정하면 마치 천상에서 하강한
신과 같았습니다. 그에게는 보통 사람에게서 보는 것 이상의
명예로움이 풍겼습니다. 높으신 공주님 부디 노하지 마십시오.
공주님께서 거짓 보고를 어찌 받아들이실지 단지 시험해
보려고 감히 결례를 무릅쓴 것입니다. 그러나 그로 인해
부인께서는 매우 귀한 남편을 선택함에 있어 실수하지 않고
훌륭한 판단을 하셨음이 입증되신 것이옵니다. 친구로서의
그분에 대한 사랑이 부인께 이런 일을 키질⁹해 보도록 한
것입니다. 그러나 다른 모든 여자들과 달리 하나님께 부인을
알곡으로 만드셨네요. 부디, 용서하시옵소서.

이모진 좋습니다. 궁전에서 편히 쉬실 수 있도록 일러두겠습니다.

이아키모 진심으로 감사드립니다. 아, 자칫하면 거의 잊을 뻔
했습니다만, 부인께 한 가지 작지만 매우 중요한 청을
간곡히 드립니다. 왜냐하면 그것이 부군과 저 자신,
그리고 이 일에 동참하고 있는 다른 고귀한 친구들이
연관되어 있어서 그렇습니다.

이모진 말씀하시지요. 그것이 무엇인가요?

이아키모 저희 수십여 명의 로마인들과 ─ 우리 날개의 가장
뛰어난 깃털이신 ─ 부군은 황제 폐하께 바칠 선물을
사기 위해서 돈을 각출했는데, ─ 나머지 일의 처리를

---

9. 알곡과 쭉정이를 골라내는 일. 즉, 정숙한 여인인지에 대한 시험을 말한다.

맡은, ─ 제가 프랑스에서 선물들을 구입했습니다.
그것은 진귀한 모양의 접시와 화려하고 정교한
보석들인데 그 물건들의 가격이 워낙 고가라서, 또
이곳이 낯선 곳인지라, 어디 안전하게 보관할 장소가
없을까 걱정되는데, 혹시 그것들을 보관하여 주실 수
있는지요? 부탁드립니다.

이모진 기꺼이 맡아드리겠습니다. 제 남편이 관계되어있다고
하시니, 그것들을 안전하게 보관해 드리겠노라
제 명예를 걸고 약속드리겠습니다. 그 물건들을
제 침실에 보관할게요.

이아키모 그것들은 내 여행 가방에 있습니다. 제 하인들이
지키고 있습지요. 실례지만 그것들을 부인의 방으로
보내겠습니다. 단지 오늘 밤 하루면 됩니다. 내일은
배를 타야 하거든요.

이모진 아니요, 안됩니다.

이아키모 제발, 그래야 합니다. 그렇지 않으면, 저의 귀국이
지연되어서 약속을 어기게 되기 때문입니다. 프랑스에서
일부러 바다를 건너온 것은 부인을 만나겠노라 부군과
약속했기 때문임을 이해해 주십시오.

이모진 선생님의 노고에 감사드립니다만, 그러나 내일 떠나실 수
없어요!

이아키모 오, 부인 그래야만 합니다. 그러니 부탁건대, 만약
부군께 안부 편지를 쓰실 거면, 오늘 밤 쓰셔야

합니다. 선물 진상할 시기를 감안하면 사실상 시간이
많이 지체되었거든요.

이모진 예, 편지를 쓰겠습니다. 선생님의 가방을 저에게
보내주세요. 안전하게 보관했다가 확실히 돌려
드리겠습니다. 오셔서 정말 환영합니다. [퇴장.]

210

2막

1장

브리튼. 심벨린의 궁전 앞.

클로튼과 두 명의 귀족 등장.

클로튼 지금까지 그처럼 운 좋은 녀석을 본 적 있느냐? 내가
　　　　위에 놓인 작은 공을 맞혔는데 아니 딴 곳으로 튕겨 나가다니
　　　　말이야. 걸어 놓은 백 파운드나 잃었지 뭐야. 아 근데
　　　　그 후레자식이 내가 뭐 마치 지 욕지거리를 꾸어다가 내
5　　　　기쁨을 위해서 쓰면 아깝다는 듯이, 도로 찾아다가 마구
　　　　쌍욕을 내게 퍼부으며 비난하는 거 있지.
귀족 1 그래서 그자가 얻은 게 뭔가요? 전하는 공으로 그 녀석
　　　　정수리를 깨뜨리셨지요.
귀족 2 [방백] 그자의 재치가 그자의 정수리를 깬 자와 같다면
10　　　그 안에 든 모든 것이 흘러나와 고갈됐을걸.
클로튼 어떤 신사가 욕지거리를 하려는데 욕하지 못하게
　　　　구경꾼이 말을 잘라버리는 것은 안 되지. 그렇지?
귀족 2 아닙니다요. 전하. [방백] 남의 귀를 잘라도 안 되는
　　　　것이지.
클로튼 사생아 개자식! 지가 원하는 대로 해줬을 거다! 그놈이
15　　　나와 비슷한 신분이었다면 말이야.

귀족 2 [방백] 그럼 어떤 바보와 같은 냄새가 나는 또 다른
바보가 생기겠군.

클로튼 난 이 세상에서 그보다 더 화나는 것은 없더라고.
염병할 놈! 내가 차라리 신분이 낮은 자였으면 좋겠군.
우리 어머니가 왕비라고 놈들이 감히 나랑 싸우려 들지를
않잖아. 무뢰배 같은 녀석들도 진저리나도록 쌈질을   20
해대는데, 나와 결투할 상대가 없어서 수탉처럼 위아래로
오르락내리락하고 있으니 말이야.

귀족 2 [방백] 너는 수탉인데 그것도 고자 수탉. 볏을 흔들며 홰치며
울어대는 수탉 같은 녀석이라고.

클로튼 뭐라 했느냐?   25

귀족 2 전하께서 성나게 만드신 천한 것들과 일일이 싸우시는 것은
적절치 않다고 했습니다요.

클로튼 그래, 나도 그건 알지. 그러나 내가 아랫것들을 공격하는 것은
적절한 일이야.

귀족 2 예, 전하께는 옳은 일이지요.   30

클로튼 그렇다고 말했잖아.

귀족 1 전하, 오늘 밤에 한 외국인이 왕궁에 왔다는 소식
들으셨나요?

클로튼 외국인이라고? 듣지 못했는데?

귀족 2 [방백] 자기도 외국 놈이면서 그것도 모르네.   35

귀족 1 한 이탈리아 인이 왔는데요, 레오나터스의 친구들 중의
한 명이라고 그랬던 것 같습니다.

클로튼 레오나터스? 추방된 천한 놈 말이냐? 그렇다면 그놈이
　　　　 누구든 간에 그놈과 마찬가지로 상놈 출신이겠지. 누가
40　　　너에게 그 외국 놈에 대해 이야기해 주었느냐?

귀족 1 전하의 시동 중 한 녀석에게 들었습니다요.

클로튼 내가 그 외국 녀석을 살펴보러 가도 괜찮겠느냐? 그런다고
　　　　 혹시 체면이 깎이지는 않겠지?

귀족 2 절대 그렇지 않습니다요. 전하.

45　**클로튼** 쉽사리 그러지는 않겠지. 나도 그리 생각하느니라.

귀족 2 [방백] 넌 브리튼 공식 바보잖아. 그러므로 네가 멍청한
　　　　 행동을 하더라도 손상될 품위는 없거든.

클로튼 가자. 그 이탈리아 녀석을 보러 가야겠다. 오늘 공놀이
　　　　 내기에서 잃을 것을 오늘 밤 그놈에게 따서 메워야겠다.
　　　　 가자. 앞장서라.

50　**귀족 2** 제가 모시겠습니다요. 전하.

　　　　　　　　　　　　　　　　[클로튼과 귀족 1 퇴장.]

귀족 2 그런 간악한 마귀 같은 어미에게서 세상에 이런 바보
　　　　 놈이 태어나다니! 그 여자는 머리를 굴려서 무엇 하나
　　　　 성공하지 못하는 것이 없는 교활한 인간인데,
　　　　 이 아들놈은 평생이 걸려도 스물에서 둘을 빼면
55　　　열여덟이 된다는 것조차 모르는 바보 녀석이다.
　　　　 아, 불쌍한 공주님. 정결한 이모진이여, 계모에게
　　　　 조종당하는 부왕과 늘 흉계만 꾸미는 악마 같은 계모
　　　　 사이에서 견디는 것보다, 그대의 사랑하는 남편의

부당한 추방보다도 싫고, 그자가 하도록 만들겠다는
끔찍한 이혼의 행위보다도 지겨운 구혼자 틈에 끼어
얼마나 괴로우신가 말이다. 하늘이 그대의 소중한
정조의 방벽을 확고히 지탱시키고, 그대의 아름다운
마음의 성전이 요동치지 않도록 지키시어, 그대의
추방당한 임과 이 위대한 나라를 향유하소서! [퇴장.]

60

2장

이모진의 침실: 브리튼. 심벨린의 궁전 앞.

방 한쪽에는 여행 가방이 하나 놓여있고 벽에는 여러 색실로
수놓은 장식용 태피스트리가 걸려있다. 무대 뒤편 출입문
쪽에서 전면으로 뻗어 있는 침대 위에서 이모진이 독서를
하고 있다.
귀족 부인 시녀 헬렌 등장.

이모진 거기 누구냐? 헬렌이에요?

시녀 예, 마마.

이모진 몇 시죠?

시녀 거의 자정이 되었습니다. 마마.

이모진 그러면 지금까지 세 시간 동안이나

책을 읽었구나. 지금까지 읽은 부분을

5 접어놓아라. 가서 자거라. 촛불은 켜진 채로 놔두고.

그리고 만일 네가 네 시 정각에 일어날 수 있다면

나를 좀 깨우러 와라. 매우 졸리는구나.

[시녀 퇴장.]

하나님 저를 맡기오니 보호하여 주시옵소서.

악령들과 밤의 악마들로부터 지켜주시기를 당신께 간절히

원하나이다. [잠든다. 이아키모가 가방에서 나온다.]

이아키모   귀뚜라미는 노래하고, 인간은 피곤한 감각기관을 잠으로   11
회복시키려 하는구나. 옛날 우리 이탈리아의 타퀸도
루크리스를 능욕하기 직전에 이처럼 살며시 골풀을 밟고
다가와 깨워서 그녀의 순결에 상처를 입혔겠지. 오 비너스,
그대가 누운 침대에 이 얼마나 아름답게 어울리는가! 순결한   15
백합화여! 침대 시트보다도 더 하얗구나! 단 한 번만
만져봤으면! 아니, 키스, 키스 한 번만 해 봤으면!
비할 데 없이 아름다운 두 개의 루비가 이 얼마나
사랑스럽게 포개져 있는가. 그녀의 숨결이 방안에
향수를 뿌리는구나. 촛불의 심지까지 그녀를 향해 고개   20
숙이고, 봉해진 눈빛을 보고자 그녀의 눈꺼풀 아래를 몰래
들여다보지만, 지금 그 아래의 창문은 하얗고 하늘의
원래 색조인 파란색 레이스를 드리운 덮개로 가려져 있네.
그러나 나의 목적은 이 방안의 특징을 기록하여 두는
것이다. 모두 적어둘 것이다.   [그는 비망록 책에 적는다.]   25
그런 그림들과 창문이 거기에 있고, 그녀 침대에 있는
장식품, 벽 장식용 태피스트리, 조각품들이 어떠하고,
이렇고, 저렇고, 그리고 그와 같고, 그 이야기의 내용은
어떤 것이라고 적어야겠군.
아, 그러나 그녀의 몸에 관한 선천적인 특징들의 기록이   30
하찮은 수만 가지의 물건보다 내 말의 진실성을 입증하고,
나의 조사 목록을 풍요롭게 할 것이다.
오 잠이여, 너 죽음의 모방자여, 그녀를 무겁게 내리

눌러 감각을 무디게 만들고 그래서 교회 안 묘지에
놓여 있는 조각상처럼 미동치 않게 해다오. 빠져라,
빠지라고!   [그녀의 팔찌를 빼낸다.]
고르디어스의 매듭이 단단했던 것만큼이나 미끄러워
빼기 어렵구나. 이것은 이제 내 것이다. 이것은 이제
가시적인 증거물이 될 것이다. 외적 증거는 내적
의식처럼 강력해서 그녀의 남편을 미치게 할 것이다.
그녀의 왼쪽 가슴에 있는 다섯 개의 점은 마치 노란
구륜 앵초 꽃봉오리 안쪽 바닥에 새겨진 다섯 개의
진홍빛 점 같구나. 이거야말로 그 어떤 합법적인 증거
보다도 강력한 증거로구나. 이 비밀을 제시하면 그는
내가 자물쇠를 따고 그녀의 명예로운 보물을 훔쳤다는
말을 어쩔 수 없이 믿게 되겠지. 이제 그만 적자. 더
적어봤자 뭐해? 왜 이걸 다 적어야 하지, 내 머릿속에
단단히 새겨져 있는데 말이야? 이 여자 늦게까지 독서를
했구나. 『테레어스의 이야기』, 필로멜이 포기한 부분까지
읽었구먼. 이 정도 증거면 충분하다. 가방 안으로 다시
들어가서 자물쇠를 걸어야지. 빨리 와라, 어서 와라 밤 마차
끄는 용들아, 갈 까마귀가 깨어 눈 뜨도록! 나는 두려움
속에서 투숙해야 한다. 비록 이가 하늘에 천사일지라도,
지옥이 여기이다.   [시계 종이 친다.]
하나, 둘, 셋, 시간, 시간이 되었다!

                    [여행 가방 속으로 들어가면 장면이 끝난다.]

3장

궁전.

클로튼과 귀족들 등장.

귀족 1 전하보다 인내심이 강한 사람은 세상에 없을 겁니다.
내기에서 잃으셨는데도 그렇고, 주사위 게임에서도
꼴찌 점수가 나왔음에도 그처럼 태연하시다니 말입니다.

클로튼 누구나 내기에서 지면 침울하지.

귀족 1 그러나 모든 사람이 전하처럼 화를 잘 참는 고상한
성질인 것은 아닙니다. 전하가 따실 때에는 제일 5
열정적이고 맹렬하시더라고요.

클로튼 누구든 이기면 용기백배하지. 저 어리석은 이모진만
차지하면, 나에게 금덩이가 차고도 넘칠 텐데. 아침이
다 되었지 않나?

귀족 1 예, 날이 훤하네요.

클로튼 악사들이 와야 할 텐데. 그녀에게 아침 음악을 들려주면 10
좋을 거라는 소리를 들었거든. 사람들이 말하길 음악이
그녀의 마음을 꿰뚫을 것[10]이라고 하더군. (손끝을 모아

---

10. 겉으론 음악이 그녀를 감동시킬 것이라는 말이지만, 감동한 이모진이 자신에게 우
호적으로 대하면 그녀의 정조를 빼앗을 수도 있을 것이라는 성적 암시가 들어간
이중적 표현이다(원문 'penetrate' 꿰뚫다, 관통하다).

앞으로 쭉 뻗으며 능청스레 웃는다.)[11]

악사들 등장.

어서 와서 연주해라. 너희가 손가락으로 그녀의 속을 꽉
채운[12]다면, 나는 또한 혀로도 시도해 보겠다. 둘 다
15   효과가 없다면, 그냥 내버려 두라지 뭐. 그러나 난 결코
포기하지 않을 거야. 자, 아주 멋지고 환상적인 것을
연주해라. 그런 다음, 감탄할 만큼 사치스러운 어휘들이
들어간, 아주 놀라울 정도로 아름다운 독창곡을 부르고서,
그다음은 그녀가 느끼게 하자고.

노래.

들으라, 들으라, 종달새 하늘 문 입구에서 노래하니,
20   태양신 포이보스도 깨어나려 하네,
그의 말들이 목축이려 하네, 꽃잎들 놓여 있는
찻잔 모양 옹달샘에서,
닫힌 금잔화 꽃봉오리도 열리려 하네,
그 황금빛 눈동자를.
어여쁜 온갖 만물이 소생하니, 상냥한 그대 내 숙녀여

---

11. ( )는 역자.
12. 성적 암시의 이중 표현. 원문의 penetrate는 주석 10번의 의미 '꿰뚫다' 외에 '감동
시키다', '~으로 꽉 채우다'의 의미가 있다.

깨어나요. 깨어나요, 깨어나소서!

클로튼 자 이제 돌아들 가라. 만일 이것이 꿰뚫는다면, 너희들
음악을 더 좋게 쳐주겠다. 그렇지 않다면 그 여자의
귀에 문제가 있는 것이니, 활시위나 바이올린 현, 또한
카스트라토 환관의 미성까지도 다 소용없을 테지.

[음악가들 퇴장.]

귀족 2 저기 폐하께서 오십니다.

클로튼 늦게까지 자지 않아서 좋은데, 그 때문에 일찍 일어난
셈이 됐잖아. 폐하는 내가 아침부터 부왕같이 남편답게
공주에게 잘해준 것을 받아들이지 않을 수 없을걸.

심벨린과 왕비 등장.

폐하께 아침 인사드립니다. 그리고 자비로우신
어머니도요.

심벨린 자네 엄숙한 내 딸을 만나려고 문 앞에 서서 기다리고
있었는가? 걔가 밖으로 나오지 않겠다던가?

클로튼 음악으로 공략해 보았으나 아무런 관심도 보여주지
않고 있습니다.

심벨린 애인이 추방당한 지 채 얼마 되지 않아서 그 녀석을
아직도 잊지 못했겠지. 시간이 좀 더 흐르면 기억의
흔적은 반드시 희미해질 것이고 그런 다음 공주는
너의 것이다.

왕비 너는 폐하께 깊이 감사를 드려야 한다.

폐하께서는 기회가 될 때마다 공주에게 너를 권하고

45 계신다. 그러니 너도 태도를 바르게 하여 예절 바르게

결혼을 간청하란 말이다. 거절할수록 더욱 성의를

다해 대해야 한다. 마치 공주에게 부드럽게 대하는 것이

의무라고 생각하는 것처럼 보이도록 행동해라.

무슨 일이든지 공주에게 전적으로 순종해야 한다.

50 너에게 물러가라고 요구할 때에는, 그런 경우에는

귀머거리처럼 못 들은 척 하고.

클로튼 귀머거리요? 난 아닌데.

전령 등장.

전령 아뢰옵니다. 전하. 로마에서 대사가 왔습니다.

카이어스 루시어스라 합니다.

심벨린 훌륭한 분이지.

55 비록 이번에는 화나는 일 때문에 왔을 테지만, 하지만

그의 잘못은 아니리라. 짐은 그를 보낸 황제의 명예에

걸맞은 예우로 그를 맞을 것이다. 그리고 그 자신에겐,

그가 전에 짐에게 호의를 베풀었으니 특별히 환대를

해야겠다. 사랑하는 아들아, 너의 연인에게 아침

인사를 마친 후 왕비와 짐을 수행토록 해라.

60 이 로마인을 접대하는 일에 네가 필요할 것이다.

네가 맡아야겠다. 가십시다. 왕비.

[클로튼을 제외하고 모두 퇴장.]

클로튼 만일 그녀가 깨어나 있으면 말을 걸어볼 것이고, 그렇지
않다면 계속 누워서 꿈이나 꾸라고 놔둬야겠다. 실례하오.
이봐라! 그녀의 주변에는 시녀들이 있다는 걸 나는 알지.   65
그들 중 한 년 손에 돈을 좀 쥐여줘 볼까나? 돈이면
통행증을 살 수 있으렸다. 대개 그렇잖아. 그렇고말고.
돈은 다이애나의 사냥터 숲지기도 배신케 해서 소중한
사슴[13]을 도둑놈이 서 있는[14] 곳으로 넘겨주게 했잖아.
또한 돈은 진실한 사람을 죽게 만들기도 하고 도둑을   70
살리기도 하지. 아니야, 때로는 이들 둘 다 교수형을
당하게도 하거든. 돈으로 할 수 없는 것은 무엇이고,
돌이킬 수 없는 것은 무엇이랴? 시녀들 중 한 년을 나의
옹호자로 만드는 거다. 왜냐하면 나는 아직 나 자신의
흥분[15]을 어찌 풀어야 할지 모르겠거든. 실례합니다. [노크]   75

시녀 한 명 등장.

시녀 거기 문을 두드리신 분이 누구신가요?

클로튼 한 신사요.

시녀 그 말씀이 전부인가요?

클로튼 예, 그리고 어떤 귀부인의 아들이죠.

시녀 [방백] 그 말씀은

---

13. 정조를 암시한다.
14. 남성의 욕정을 암시한다(발기한 남근).
15. 흥분(case): 성적 의미(여성의 성기).

당신이 비싼 양복 맞춰 입고 신사라고 뻐기는 것과
별반 다르지 않네요. 나리의 용건이 대체 뭔가요?

클로튼 공주님을 뵈려고 하는데, 일어나셨소?

80 **시녀** 예, 방에 계시기는 하지요.

클로튼 너에게 주는 황금이다. 네가 알고 있는 좋은
소식을 나에게 팔아라.

시녀 아니, 저를 매수하시려고? 아니라면 제 좋은 대로
왕자님 이야기를 할까요? 공주님 드십니다. [시녀 퇴장.]

이모진 등장.

85 **클로튼** 좋은 아침입니다. 아름다운 동생. 예쁜 손 좀 잡아보세.

이모진 안녕하세요. 사봤자 근심일 텐데 너무 사서
고생하시네요. 내가 감사하다는 것은 제게 감사할 일이
별로 없다고 말씀드리는 것입니다. 그리고 감사하고 싶은
마음도 별로 없거든요.

클로튼 그래도 나는 그대를 영원히 사랑한다고 맹세하오.

90 **이모진** 당신의 그 말씀이 저에게 효과가 있기를 바라며 그저
의례적으로 항상 맹세를 하시는 거라면, 저는 항상
그것에 관심이 없다는 것이 당신에 대한 보답이에요.

클로튼 그건 답변이 아니군.

이모진 그러나 내가 말하지 않으면 내가 침묵하는 것이 동의하는
것으로 당신이 받아들이는 것을 방지하기 위해서입니다.

95 부탁하는데 제발 저를 좀 내버려 두세요. 맹세코, 당신이

최고의 친절을 베푸신다면 저도 그와 동등한 무례함을
보이겠습니다. 박식한 분이시라면 도리를 벗어난 일임을
아시고 단념하세요.

클로튼 실성한 너를 그냥 두는 것은 내게 죄가 되므로, 그렇게 하진
않겠다.

이모진 바보가 미친 사람을 고치진 못하죠.

클로튼 너 나를 바보라 했느냐?   100

이모진 내가 미쳤기 때문에 그랬어요.
당신이 참는다면, 저도 더 이상 미치지 않을 거예요.
그러는 것이 우리 모두가 치유되는 것이에요. 대단히
미안하지만 당신의 말씀 덕분에 제가 숙녀로서의 예절을
잊어버렸네요. 이제는 아셨으면 해요. 내 마음을   105
잘 아는 제가 여기서 분명히 말하건대 나는 진심으로
당신을 좋아하지 않아요. 나 자신을 나무라지만,
자비심이 거의 바닥나서 당신을 미워하기까지 한다고요.
그러니 제발 내가 큰 소리로 떠들기 전에 당신이
눈치채고 알아줬으면 좋겠어요.

클로튼 공주는 불효를 범하고 있어.   110
왜냐하면 당신은 그 천한 녀석과 혼약을 맺었다고
하지만, 그 녀석은 다른 사람들에게 구걸하며 자랐고
왕궁에서 먹다 버린 음식 찌꺼기와 식어버린 음식을 먹고
살아온 인간이니, 그런 놈과의 혼약은 무효라고.
하층사회의, ㅡ그러나 그보다 더 천한 놈이 있을까? ㅡ   115

천민들끼리는 서로 맺어지는 것이 허용되었다지만, 부모의
승낙도 없이 지네들끼리 맘대로 짝짓기해서 고작
거지새끼들이나 낳고, 동냥질이나 같이하며 살 수밖에
없지. 그러나 공주는 막중한 왕관의 중차대함 때문에 그런
120   행동의 자유는 제한되니, 그런 놈으로 해서 존귀한 신분을
더럽혀서는 안 된다고. 비천한 노예 놈에게, 하인이나 시종
놈의 작업복이나 걸치는 게 제격일 찬방 머슴 놈같이
비천한 놈하고 말이야. 아니, 그것도 과분하지.

이모진 불경스러운 사람이네요!
당신이 비록 주피터의 아들일지라도 지금의 당신은
125   너무도 천박해서 내 남편의 마부가 될 자격도 없어요.
설령, 그분의 왕국에서 당신의 가치를 비교 평가하여
이에 걸맞게 망나니 조수를 한다고 해도 사람들이 아주
과분하게 출세했다고 부러워하고, 심지어 증오할 정도로
크게 출세한 셈이 될 거예요.

130 **클로튼** 축축한 남풍 안개에 썩어 문드러질 놈!

이모진 아무리 저주해봤자, 당신의 입에 그분 이름을 올리는
것보다 그분이 겪을 더 큰 불행은 없어요. 당신의
온몸의 털들이 당신과 동등한 인간으로 변한다 해도
그것들보다 제 남편을 감쌌던 가장 남루한 누더기가
135   내겐 더욱 소중합니다. 피사니오! 지금 어디 있느냐!

피사니오 등장.

클로튼 그분의 누더기라고! 이런 젠장 맞을.

이모진 [피사니오에게] 내 시녀 도로시에게 빨리 가봐라.

클로튼 '그자의 누더기라고!'

이모진 [피사니오에게] 내가 바보한테 시달리니, 놀라고, 화도
치솟는구나. 도로시에게 말해서 내 팔찌를 좀
찾아보라고 해라. 내 팔에서 무심결에 없어졌거든.   140
그건 주인 나리가 주신 거였단다. 내가 천벌을 받지,
유럽의 어떤 왕이 재산을 다 준다 해도 잃을 수 없는
건데 말이야. 확실히 오늘 아침에도 봤었거든.
지난밤에는 내 팔에 끼고 있었고, 그래서 키스도 했었어.
내가 남편이 아닌 딴 것에도 키스했다고 그분에게 일러   145
주러 간 것이 아니었으면 좋겠다.

피사니오 잃어버리신 것이 아닐 겁니다.

이모진 그랬으면 좋겠다. 가서 찾아봐라. [피사니오 퇴장.]

클로튼 그대는 나를 모욕했어. 그 자식의 '누더기'보다 어쩌고!

이모진 예, 만일 소송이라도 하시려면 증인을 부르세요.   150

클로튼 당신 아버지에게 말씀드리겠어.

이모진 당신 엄마에게도 일러야죠.
그분은 나에게 잘해주시는 마마님이시니, 저를 최악이라고
생각지 않으시리라 믿어요. 그러니 나는 갈 테니 당신이나
여기서 혼자 최악의 불만을 토로하시든지 알아서 해요.

[퇴장.]

클로튼 복수하고야 말 테다.

155   뭐 '그분의 누더기'보다 어쩌고저쩌고! 어디 두고

보자. [퇴장.]

4장

로마. 필라리오의 집.

포츠머스와 필라리오 등장.

포츠머스 걱정 마시오. 제 아내가 절개를 지킬 것을 확신하듯
폐하의 뜻을 돌릴 수 있다는 것에도 그처럼 확신할 수
있으면 정말 좋겠소이다.

필라리오 어떻게 중재하시려고 하시오?

포츠머스 아무런 방법도 없소이다. 다만 때를 기다릴 뿐이오.
지금 같은 겨울에는 떨고 지내다가, 따뜻한 봄이 오기를   5
기다리는 것이지요. 이렇게 시든 희망 속에서야 어찌
선생의 은혜를 갚을지 막막합니다만. 잘못되어 희망이
사그라지면 저는 분명 큰 빚을 지고 죽게 될 겁니다.

필라리오 매우 선량한 마음씨를 가지신, 당신과 친교를 한다는
것만으로도 제게는 과분한 일이외다. 지금쯤 당신 국왕은   10
아우구스투스 황제의 뜻을 들었을 것이고, 카이어스
루시어스는 임무를 빈틈없이 잘 수행할 것이오. 내가
보기에 왕은 조공을 수락하고 연체금도 보낼 듯하오.
그렇지 않다면 우리 로마군들과 맞서야 할 텐데,
그 고통스러운 기억이 아직도 생생할 것이오.

15   **포츠머스**   내 믿기로, 비록 나는 정치가도 아니고, 뭐 그럴

가망도 없지만, 이번 일은 전쟁을 야기할 것이오.

선생께서는 단 일 페니의 조공을 바쳤다는 소식보다

갈리아에 주둔하고 있는 로마 군단이 우리의

겁 없는 브리튼 땅에 상륙했다는 소식을 더 먼저

20   듣게 될 겁니다. 쥴리어스 시저가 우리 국민은

전술이 없다고 비웃으면서도, 눈살을 찌푸릴 만큼

그 용맹함에 감탄했었을 그때보다도 더욱 우리

동포는 질서가 서 있소이다. 그들이 받은 훈련은,

이제는 그들의 용기를 날개로 달아, 그 힘을 시험해

25   보려는 자들에게 세상을 압도할 매우 훌륭한

국민이라는 것을 증명하게 될 것이오.

이아키모 등장.

  필라리오   봐요! 이아키모네요!

  포츠머스   육지에서는 가장 빠른 사슴들이 태워다주고 세상

구석구석에서 불어오는 바람이 배의 돛에 입 맞추어

신속히 밀어 달리게 했나 보군요.

  필라리오   어서 오시오.

30   **포츠머스**   그대의 답변이 간결했기에 이처럼 빨리 오셨으리라

봅니다.

  이아키모   당신의 부인은,

내가 이제껏 본 최고의 미인 중 한 분이었소.

포츠머스 뿐만 아니라, 그지없이 정숙하지요. 그렇지 않다면
그녀의 미모로 거짓된 난봉꾼들을 유혹하기 위해 미닫이
창문을 열고 그들과 함께 못된 짓 하며 있게 하리라.

이아키모 여기 당신 편지가 있소.

포츠머스 분명, 희소식이겠지요.

이아키모 그럴 것이오.

포츠머스 당신이 거기에 있을 때, 카이어스 루시어스가 브리튼
궁전에 왔었소?

이아키모 그때 그가 오기를
기다렸는데 오지 않았소.

포츠머스 아직은 괜찮군요.
그런데 보석이 전처럼 반짝이던가요? 아니면 그렇지
않다면 끼기에는 너무 침침하게 빛을 잃었나요?

이아키모 만일 내가 그 반지를 잃어버리면 그 반지
값에 해당하는 돈을 손해 보는 것이잖소. 그 짧았지만
달콤했던 두 번째 밤을 다시 즐기기 위해서라면 기꺼이
그 먼 브리튼이라도 두 번 여행하겠소이다. 왜냐하면
그 보석은 내 것이기 때문이죠.

포츠머스 그 보석은 너무 단단해서 손에 넣지 못했을 텐데.

이아키모 천만에요.
당신 부인은 다루기 너무 쉽던데요.

포츠머스 농담 그만하시오.
당신은 내기에서 졌소. 나는 당신이 지금부터 우리는

친구사이가 아니라는 것을 알았으면 하오.

50 **이아키모** 여, 좋은 친구, 만일 그대가 약속을 지킨다면 계속
친구이죠. 내가 집에 있는 그대 부인에 관한 은밀한
사적 정보를 가져오지 못했다면, 서로가 더 논쟁을
벌여 봐야 할 일인 것은 맞지만. 그러나 지금 나는
당신이 주었다는 그녀의 팔찌와 함께 그녀의 정조를
55 손에 넣었음을 선언하오. 그리고 이는 두 분의 뜻에
따라 진행된 것이니 부인이나 그대를 모욕한 것은
아니요.

포츠머스 만일 그대가 침대에서 그녀를 경험했다는 확고한
증거를 제시하면, 내 그대와 악수하고 물론 반지도
주겠소. 만일 그렇지 않다면, 그녀의 순결한 절개를
60 모욕했으니 당신 검이나 내 검의 주인이 바뀔 것이고,
아니면 둘 다 주인을 잃게 돼서 둘 다 줍는 놈이
임자가 되겠지.

이아키모 선생, 내 자세한 상황을 말하자면, 사실 그 자세한
증거들이란 진실에 매우 가까워서 그대도 믿게
될 거요. 그 증거의 확실함에 대해서는 내가 맹세할
65 수도 있겠지만, 얘길 다 들어 보면 그럴 필요도
없음을 알게 될 거요.

포츠머스 계속하시오.

이아키모 먼저, 그녀의 침실은, 내 한순간도 자지 못했음을
고백하오만, 단언컨대 자지 않고 지켜볼 만한 충분한

가치가 있었소이다. 벽에는 실크와 은으로 수놓은
태피스트리가 걸려 있었고, 그림의 내용은 콧대 높은 70
클레오파트라가 로마의 안토니를 만나는 장면으로,
수많은 배들이나 자만심 때문인지 시드너스 강물이
둑이 넘치도록 넘실대는 모습을 묘사하고 있었는데,
솜씨도 뛰어났지만, 그 재료도 매우 호화스러워서
솜씨와 가치가 서로 겨루는 형국이었어요. 어찌
그렇게 희귀하고 대단히 정교할 수 있나 놀라운 75
나머지, 마치 작품이 진정 실제 장면인 것처럼
생생했었소.

포츠머스 그건 사실이오. 그러나 그런 이야기는 당신이
여기에서 나에게나, 혹은 다른 사람에게 들어서
알 수도 있는 이야기지요.

이아키모 좀 더 자세히 이야기하면 내 말의 진실성이
확인되겠지요.

포츠머스 그래요. 그렇지 않으면 그대의 명예에 상처를 입을
거요.

이아키모 남쪽 방에 있는 벽난로, 그리고 그 벽난로의 80
주변 장식은 청순한 다이애나가 목욕하는 모습이고,
그 인물들이 그렇게 말하는 것처럼 살아 생생한 것은
결코 본 적이 없었소. 그 조각가는 말은 못하지만
제 이의 자연으로서 자연을 능가했다고나 할까,
움직이지도 못하고 숨을 쉬지도 않는데 말이요.

85 **포츠머스** 그것도 역시 다른 사람에게 전해 들을 수 있는
　　　　부분이요. 실제 사람들 입에 자주 오르내리니까요.

이아키모 침실 천장에는 황금빛 아기 천사들이 정교하게
　　　　조각되어 새겨져 있었소. 하마터면 깜박 잊을 뻔
　　　　했는데, 벽난로 장작 받침대는 은으로 된 눈을 감은
90　　　한 쌍의 큐피드가 각자 한쪽 발로 횃불에 기대고서
　　　　멋지게 서 있더군.

포츠머스 이것이 내 아내의 명예라!
　　　　설령, 당신이 이 모든 것들을 보고 왔다고 치더라도,
　　　　댁의 기억력은 칭찬할 만하오만, 그녀의 방에 대한
　　　　설명만 가지고는 당신이 내기에 건 돈을 찾을 수는
　　　　없을 거요.

95 **이아키모** 그렇다면, 이걸 보셔도 [팔찌를 꺼낸다.] 태연하실 수
　　　　있을지 모르겠소만. 잠시 이 보석이 바람 좀 쐬게 해
　　　　줘야겠구먼. 자 보세요. 다시 집어넣어야지. 이건
　　　　당신의 다이아몬드와 한 쌍이 되어야지요. 내가
　　　　이것들을 보관할 거요.

포츠머스 아아, 주피터시여!
　　　　어디 다시 한 번 보여 주시오. 틀림없이 이것이 내가
　　　　아내에게 주고 온 거란 말이요?

100 **이아키모** 선생, 난 그녀에게 감사하오! 그녀가 팔에서 이것을
　　　　빼서 주더라고요. 아직도 그 모습이 눈앞에 선합니다.
　　　　그녀의 귀여운 행동은 선물보다 더 값지지요. 근데

그걸 주면서 그것의 가치를 높여주더군요. 자기가
한때는 소중히 여겼던 것이라지 뭐요.

포츠머스 아마도 그걸 나에게 보내기 위해 빼줬을 거요.

이아키모 그녀가 당신에게 그렇게 적었소? 그렇소이까?

포츠머스 오, 아니오, 아니야, 아냐, 당신 말이 맞소. 자,
이것도 받으시오. [반지를 준다.]
이것이 내 눈에는 쳐다보면 나를 죽일 괴물도마뱀
바실리스크로 보인단 말이오. 여자의 아름다움과 정조는
양립할 수 없단 말인가? 진실과 겉모습은, 다른 남자가
있으면 진실한 사랑은 없어지게 하라. 여자의 맹세는
상대에 대해서도 자신에 양심에 대해서도 아무런 속박도
받지 않는구나. 그건 아무것도 아니야. 오, 더러운 것!

필라리오 자 참으시오, 선생.
당신 반지는 도로 넣으시오. 아직은 졌다고 할 순 없소.
부인께서 그 팔찌를 잃어버리셨을 수도 있는 일이고,
아니면 부인의 시녀들 중 누구 한 사람이 뇌물을 먹고
그것을 훔쳐냈는지 누가 알겠소이까?

포츠머스 정말 그렇소. 그렇게 해서 손에 넣은 것 같아요. 내
반지 도로 돌려주시오. 이보다 더 확실한 증거로써
내 아내의 신체적인 특징을 나에게 설명해 주시오.
왜냐면 이건 훔친 물건일 테니깐.

이아키모 주피터 신께 맹세코, 나는 이걸 그녀가 팔에서 빼서
건넨 것을 바로 받았소.

105

110

115

120

포츠머스 들었지요, 그가 맹세하네요. 주피터의 이름으로

맹세까지 해요. 사실이 틀림없어요. 반지는 그냥

갖고 계시오. 사실이오. 분명 아내가 그걸 잃어버렸을

리 없단 말이오. 시녀들도 모두 서약을 했고 다들

정직해요. 그들이 훔치라고 사주를 받았다고요? 웬 낯선

126   자에게? 아니오, 그가 그녀와 즐긴 거요. 이것이 그년이

자제력이 없다는 증거요. 그년은 창녀라는 이름을 이처럼

비싸게 산 것이오. 당신의 수고비를 받으시오. 그리고

지옥의 온갖 마귀들아 둘 나눠 연놈들에게 달려들어라.

130 **필라리오** 경, 참으시오.

이것만으로는 훌륭한 분을 의심하기에 불충분하오.

포츠머스 더 이상 말하지 마시오. 그년은 저 사람과

붙어먹었소.

이아키모 만일 귀하가 만족할 만한 증거를 원하신다면, 그녀의

가슴 아래, 참으로 탐스러운 젖가슴은 감촉이 끝내

135   주더이다. 밑에는 점이 있던데 아주 떡하니 자랑스럽게

솟아 있고요. 내 목숨 걸고 말하지만 그곳에 키스를 했소.

근데 하고 나니 곧바로 또 하고 싶은 거요. 아무리해도 해도

성이 차지 않더구먼. 그 사마귀 기억나지요?

포츠머스 당연하지, 이제 그 점은 지옥을 가득 채울 만큼 커다란

140   오점을 남겼다는 것을 입증해 줄 뿐이구나.

이아키모 더 듣고 싶소?

포츠머스 그만두시오. 숫자 놀음하시오? 한 가지 들으면 백만

가지 이야기 들은 것과 같다니까!

이아키모 맹세를 하리다.

포츠머스 맹세하지 마시오. 만일 당신이 그런 일을 안 했다고 맹세하면 거짓말을 하는 거요. 나를 오쟁이 지워 놓고 145 아니라 부인하면 당신을 죽여 버릴 것이요.

이아키모 아무것도 부정하지 않겠소.

포츠머스 오, 그년이 여기 있다면 사지를 갈기갈기 찢어 버릴 텐데! 내 거기 궁전으로 가서 제 애비 보는 앞에서 그래 버릴 것이다. 무슨 짓이든 할 거라고! [퇴장.]

필라리오 완전히 자제심을 잃은 것 같소. 당신이 이겼네! 150 우리 저 사람을 따라가서 분노를 달랩시다. 자기 자신에게 하려는 분풀이를 말이오. [두 사람 퇴장.]

포츠머스 다시 등장.

포츠머스 우리 남성이 이 세상에 태어나기 위해 반드시 여자가 절반의 역할을 하지 않을 방법은 없는 것인가? 우리는 다 사생아이다. 내가 아버지라고 불렀던 그 존경스러운 남성은 155 내가 태어날 때 어디에 있었는지도 몰랐다. 그러니 나는 어떤 자가 제 연장으로 몰래 찍어낸 위조 화폐이지 않은가 말이다. 그래도 내 어머니는 그 당시 순결한 다이애나 여신으로 알려졌었지. 내 그년이 비할 바 없이 정숙한 부인으로 통하고 있듯이 말이야. 오, 복수를 160 해야지, 복수를! 그년은 남편인 내게조차 즐거움을

억누르고 참으라며 몸을 허락하지 않았어. 수줍게 두
볼을 붉히며 농업의 신, 늙은 신 새턴조차 욕정을
억누르지 못할 정도로 표정을 지으면서 말이야. 그래서
나는 미쳐 햇빛을 보지 못한 눈같이 순결한 여자인 줄
알았어. 오, 이럴 수가. 저 누리끼리한 이아키모가
수작을 부린지 겨우 한 시간도 못 돼서 성공했다고? 아니
그게 아니라, 단박에 넘어갔다고? 아무튼 그놈은 말도
없이 마치 도토리 실컷 처먹고 살찐 독일 멧돼지 새끼처럼
으흐흐 소리치며 올라탔겠지. 예상한 정도밖에 별 저항도
없었고 그년도 저항하는 척하다가 나중에는 못 이기는 척
냅다 몸을 맡겼을 테지. 내게서 여자의 속성을 찾을 수
있다면 남자 안에 있는 악에 쏠리는 충동은 모두 여자의
본성에서 유전된 성품이다. 거짓은 분명 여자로부터 유전된
것이고, 아첨도 여자의 것, 사기도 여자의 것, 아첨도
속임수도, 성욕과 음탕한 속내도 복수도 여자의 것. 야심,
탐욕, 여러 가지 형태의 허영심도, 경멸, 탐욕스러운 물욕,
비방, 변심, 이 밖의 사람이 말할 수 있는 모든 죄악,
아니 지옥이 알고 있는 모든 악덕은 물론 여자의 것이다.
전부든 일부분이든, 아니 차라리 전부라고 해야 옳다.
그런 악에게조차 여자는 지조가 없어서 하나에만 집착
하는 것이 아니라 일 분마다 아니 일 분의 반도 안 돼서
수시로 바꾸는 존재이다. 나는 여자를 공격하려고 글을
쓸 것이다. 글을 써서 그들을 증오하고 저주할 테다.

165

170

175

180

그러나 증오하는 최고의 방법은 그년들이 소원
성취하기를 축원해 주는 것이지. 독한 마귀들이라도
여자들을 그보다 잘 괴롭히지는 못할 것이다. [퇴장.]

3막

1장

브리튼. 심벨린의 왕궁.

한쪽 문으로 왕 심벨린, 왕비, 클로튼, 귀족들 등장.
다른 쪽 문에서는 카이어스 루시어스 및 시종들 등장.

심벨린 그렇다면 말해 보시오, 아우거스터스 시저가 나에게
　　　　무엇을 원하시오.

루시어스 아직도 사람들의 눈에 생생하고, 앞으로도 언제나
　　　　오랫동안 사람들의 귀와 입에 화젯거리가 될, 시저께서
　　　　브리튼에 상륙하시어 이 땅을 정복하셨을 때, 뛰어난
5　　　전공으로 시저의 마땅한 칭송을 받은 폐하의 백부
　　　　케시벨런 왕은 이름을 날렸고 그 또한 스스로 찬사를
　　　　받을 때라서 대대로 시저와 그 후계자를 위하여 삼천
　　　　파운드를 로마에 바치기로 하였지요. 근데 최근에
　　　　폐하께서는 이를 제대로 이행치 않고 계십니다.
10　**왕비** 그러면 놀라시는 것을 끝내시도록 앞으로 계속 조공을
　　　　바치지 않을 것이오.

클로튼 그와 같은 줄리어스 시저가 나올 때까지 수많은 평범한
　　　　시저들이야 계속 나오겠지요. 브리튼은 하나의 독립된
　　　　국가인데 우리가 우리 자신의 코를 달고 있다고 해서

돈을 내야 할 이유가 뭐 있소.   15

왕비 상황이 바뀌었네요, 로마가 우리에게 조공을 늑탈해 갈 때의
갑의 입장에 이제 우리가 서게 되었어요. 폐하,
기억하시옵소서. 선대 국왕 폐하들과 더불어 이 땅이 천혜의
요새임을 말입니다. 이 나라는 넵튠의 사냥터인 양, 이랑이
져 있고 길고 높은 나무숲으로 방책이 둘러쳐져 있으며   20
기어오를 수 없을 험준한 바위들과 포효하는 바다를 앞에
두고 서 있다는 사실을 말입니다. 또한 모래 늪은 적의
함대를 그대로 두지 않을 것인바 돛대 끝까지 빨아들여 삼켜
버릴 것입니다. 분명 시저가 우리를 정복한 듯했지만
여기서는 그러지 못했지요. 그자 특유의 "왔노라, 보았노라   25
이겼노라"와 같은 허세를 여기선 부리지 못했단 말이죠.
그의 형편없이 미숙한 장난감 같은 함대는 치욕스럽게
두 번이나 패해서 우리 해변에서 쫓겨 갔는데, 계란 껍질이
파도에 밀리듯 밀려 바위에 부딪혀 쉽사리 박살 났어요.
그로 인해 기쁨에 찬 용맹을 떨치던 캐시벨런께서는, 원래   30
그분은 시저의 검을 꺾으려고 벼렸는데, 아, 더러운
운명이여! 대신 그분은 군주의 도시 런던에 승리의 기쁨의
불빛을 밝히게 하고 브리튼 백성들이 의기양양 개선의
행진을 하도록 했다고 합니다.

클로튼 이제 알았을 것이오. 더 이상 바칠 조공이란 없소. 우리의   35
왕국은 과거보다 훨씬 강력하오. 그리고 내가 말했지만
매부리코 시저라면 몰라도 이제 예전의 시저 같은 인물은

더 이상 나오지 않을 것이오. 그렇게 강력한 두 팔을 가진
자는 없을 것이요.

심벨린 왕자야 네 어머니의 말을 마저 듣자꾸나.

클로튼 우리나라에는 아직도 캐시벨런 폐하처럼 억센 팔을 가진
사람이 많이 있지. 본인도 그들 중 하나라고는 말하긴
뭣하나 나도 힘은 좀 쓰지. 뭐 조공이라고? 왜 우리가
조공을 바쳐야 한단 말인가? 만일 시저가 태양을
망토로 덮어 우리에게 숨기거나, 달을 자신의
호주머니에 넣는다면, 그 빛이 아쉬워서 그에게 조공을
바칠지 모르지만. 그러니 대사, 더 이상 조공은 못 바쳐요.

심벨린 이 점을 분명히 알아두시오. 무례한 로마인들이 우리에게
조공을 강탈해 가기 전까지 우리 브리튼은 자유로웠소.
시저의 야심이, 너무도 커서 거의 전 세계로 뻗칠 뻔했던
그의 야심이 그 어떤 구실도 없이 우리에게 멍에를 씌운
것이니 용맹하다 자부하는 우리가 그것을 떨쳐내려는 것은
당연한 일이라고 생각하오.

클로튼과 귀족들 그렇사옵니다.

심벨린 시저에게 전하시오.
우리 선조이셨던 멀머티어스 폐하께서는 국법을 만드셨는데
시저의 검이 난도질하여 버렸소. 이제는 우리가 지닌 힘으로
회복하고 자유롭게 시행토록 하는 것은 정의로운 행위이니
비록 이 때문에 로마의 분노를 사더라도 개의치 않을 것이오.
멀머티어스 폐하는 우리의 국법을 만드셨소. 그분은 황금

왕관을 쓰고 자신을 왕으로 칭하신 브리튼 최초의 60
국왕이시란 말이오.

루시어스 유감스럽지만 심벨린 폐하, 본인은, 폐하의 신하보다도 더
많은 왕들을 신하로 거느리고 있는 아우구스투스 시저
폐하가 귀하의 적이 되심을 말씀드리는 바입니다. 본인의
말씀을 들으시기 바랍니다. 폐하께 아우구스투스 시저의 65
이름으로 전쟁과 파멸을 선언하는 바입니다. 보십시오,
저항할 수 없는 성난 파도가 밀어닥칠 것! 이제
이것으로 선전포고를 마쳤사오니, 본인으로선 폐하께
감사드립니다.

심벨린 잘 오시었소. 카이어스. 그대의 시저가 짐에게 작위를
준 적이 있었지요. 젊은 시절 대부분을 그분을 받들며 70
휘하에서 지냈지. 그분에게서 명예를 얻었는데 그것을
필요하다고 내게서 다시 가져가려 하시니, 나로서는
불가피하게 목숨을 걸고 지킬 수밖에 없구려. 나는
자신들의 자유를 위해 판노니아 인들과 달마시아 인들이
지금 무장을 하고 있다는 것을 잘 알고 있소. 그러한 75
예를 보고도 잠자코 있다면 우리 브리튼 인들은 영혼도
없는 민족으로 보일 것이오. 시저는 우리가 그렇지
않다는 것을 보게 될 것이오.

루시어스 결과를 보면 알겠지요.

클로튼 폐하께서 그대를 환영한다고 말씀하셨소. 그러니 우리와
하루 이틀 혹은 며칠간 좋은 시간을 갖다가 떠나시오. 80

만일 후에 다른 일로 우릴 찾게 된다면 짜디짠 바다를
허리띠 삼아 대항함을 알게 될 것인데 그대들이 우리를 그
바깥으로 쳐낸다면 당신네가 이기는 것이지만, 만일
모험에서 실패한다면 우리나라 까마귀들이 당신들 덕에
포식하게 될 것이오. 그것으로 끝이오.

루시어스 네, 그렇군요.

85 **심벨린** 내 그대 주인의 뜻을 잘 알았소. 그도 짐의 결심을
알 것인바, 이제 남은 것은 그대를 환영하는
것뿐이구려. [퇴장.]

2장

브리튼. 심벨린의 왕궁.

피사니오, 편지를 들고 읽으며 등장.

피사니오 뭐? 간통? 왜 말도 안 되는 중상모략을 마님에게 하는
작자에게 괴물 놈이라고 쓰지 않으셨지? 레오나터스님!
오, 주인님, 어떤 이상한 전염병이 귓속에 들어간 것이
틀림없군요. 손에도 혓바닥에 독이 묻어 있는 속이 시꺼먼
이탈리아 놈이 무어라 했기에 그리 쉽사리 넘어가셨단   5
말인가요? 부정하다고요? 아니에요. 마님은 진실해서 벌을
받으며 견디고 계신 거예요. 보통의 덕 있는 부인들은
참을 수 없는 심적 고통을 부인하기보다는 진정 여신처럼
인내하며 견디고 계신 겁니다. 오, 나리, 나리의 마음은
마님의 마음에 비해 이전의 신분처럼 아주 보잘것없고   10
천하군요. 뭐요? 제가 마님을 죽이라는 나리의 명령을
따르는 것이 나리에 대한 저의 사랑과 진실의 맹세를
지키는 것이라고요? 제가 마님을 말입니까? 마님의
목숨을요? 그러는 것이 제가 잘하는 행동이라면 전 결코
쓸모 있는 놈으로 여김 받고 싶지 않을 겁니다. 내가   15
어찌 보였기에 피도 눈물도 없는 인간으로 찍혀서 이런

짓을 하게 한단 말이냐?   [읽는다.]

그대로 행하라.

그녀가 하란 대로 그 여자에게 편지를 보냈으니 그대로

행하면 기회가 생길 것이다. 오, 망할 놈의 종이

20 쪽지로다! 이 위에 쓰인 잉크처럼 검은 너! 감각도

없는 하찮은 것이 겉으로는 순결한 처녀 모양이면서

이런 짓거리의 공범이냐? 아, 저기 마님이 오시는구나.

나는 내가 받은 명령에 대해서 모르는 체해야겠다.

이모진 등장.

이모진 무슨 일이에요, 피사니오?

25 **피사니오** 마님 여기 나리께서 보내신 편지가 있습니다.

이모진 누구라고? 우리 남편이? 그래 내 사랑 레오나터스의 글씨야.

오, 진정 훌륭한 점성술사라면, 내가 그의 글씨를 금방

알아차리는 것처럼 미래를 알 수 있을 텐데. 오, 선하신

신들이시여 여기 이 안에 사랑의 향기, 그의 건강과,

30 만족이 깃들어 있기만을 원합니다. 하지만 서로 떨어져

있는 것은 그가 슬퍼하게 하옵소서. 때로는 슬픔도 약이

될 수는 있지요, 그래요 지금 우리의 이별이 그런 것일

거에요. 슬픔은 사랑의 자양분이니, 그 외 모든 것은

행복함이니. 이 편지를 봉인한 너 밀랍, 이 비밀의

35 봉인을 만든 너 벌들이여 축복 있으라! 연인들과 위험스러운

계약서를 작성한 사람들의 기도는 다를 것이다. 그 계약서를

위반한 자들을 너는 감옥에 투옥시키겠지만 그러나 젊은
큐피드의 서판을 움켜쥐 비밀을 지킨 너는 그렇지 않지.
신들이시어 좋은 소식이기를!

> [읽는다.] 당신 아버지의 영토에서 내가 체포되면 국법과   40
> 당신 부친의 분노가 가혹할 것이나, 오, 세상에서 가장
> 소중한 당신이여, 그대의 아름다운 눈길이 소생시키지
> 못할 만큼 가혹할 수는 없을 것이요. 내가 밀포드-헤이븐의
> 캠브리아에 있음을 아시기 바라는바, 나에 대한 당신의
> 사랑이 시키는 대로 하길 바라오. 오직 당신의 행복만을   45
> 빌며, 언제까지나 사랑의 맹세에 충실하고 사랑이 점점
> 커져가고 있다오.   레오나터스 포츠머스.

오, 날개 달린 말이 있으면 좋으련만! 피사니오, 들었지?
그분이 밀포드에 와 계신데. 읽어 보고 말해줘. 여기서   50
얼마나 먼지. 사소한 일로 가도 한 일주일 걸리는 거리라면
내가 미끄러지듯 달려가면 하루면 갈 수 있지 않을까? 그래
충직한 피사니오, 너도 나처럼 나리를 보고 싶겠지. 그러나
정도는 약할걸. 오, 나와 같지는 않아. 나는 너무도 간절해.   55
말해봐, 빨리 말해, 사랑의 상담사는 귓속이 �꽉 찰 정도로
계속해서 이야기를 마구 퍼부어 줘야 하는 거야. 그 복된
밀포드까지는 얼마나 멀지? 웨일즈가 얼마나 복된 땅이길래   60
그런 복된 항구가 있지? 그러나 먼저 여기에서 어떻게 빠져
나가지? 그리고 빠져나갔다가 다시 들어올 때까지의 빈틈을
어떤 핑계로 메우지? 일단 어떻게 빠져나갈까? 나가지도   65

못했는데 왜 변명부터 생각한담? 그건 나중에 생각하자.

말해줘 제발. 말로 한 시간에 얼마나 달릴 수 있지?

피사니오 해 떠서 질 때까지 이십 마일이지요. 마님 그 정도면

70   마님께 충분한 거립니다. 그 이상은 너무 무리십니다.

이모진 아니, 사형장에 끌려가는 죄수라도 그렇게 느리게 가진 않을

거야. 경마는 모래시계의 모래 내려가는 속도보다 빠르다던데,

그러나 지금 농담할 때가 아니구나. 가서 내 시녀에게

75   아프다는 핑계를 대고 집으로 가서, 작은 농촌 부잣집

안주인에게 어울릴만한 승마복을 챙겨서 속히 오라고 해라.

피사니오 마님, 잘 생각해 보시는 것이 좋을 겁니다.

이모진 피사니오, 나는 바로 내 앞만 봐. 여기도, 저기도 아니야.

80   미래는 안개가 가려서 꿰뚫어 볼 수가 없어. 어서 내가

말한 대로 해줘. 더 이상 말은 필요 없어. 밀포드로

가는 길 외에는 갈 곳이 없어.   [퇴장.]

3장

웨일즈. 벨라리어스의 동굴 앞.

벨라리어스, 가이더리어스, 아비라거스 등장.

벨라리어스 이런 화창한 날씨에 지붕 낮은 집구석에 처박혀
있어야 한다니! 야 이 녀석들아, 허리를 굽혀라. 이 문은
너희들에게 하늘을 공경하는 법과 아침 예배 때 고개
숙이는 것을 가르치는 거야. 궁궐 문의 아치가 너무 높아서
터번 쓴 무례한 이교도들이 태양에게 아침 인사도 하지   5
않고 들락거리거든. 하늘이시어 안녕하시나이까. 우리가
비록 바위 동굴 속에 사오나 배부른 부자들처럼 그대를
업신여기지는 않았소.

가이더리어스 하늘이시여, 안녕하세요!

아비라거스 하나님 안녕하시지요!

벨라리어스 자, 이제 저 산에 가서 사냥이나 하자. 너희 다리는   10
젊고 억세다. 나는 평지로 걸어갈게. 위쪽에 있는 너희에게
내가 까마귀처럼 작게 보일 때면, 어떤 것이 작게 보이거나
크게 돋보이는 것은 그것의 위치 때문이라는 것과, 내가
너희에게 해준 궁전과 군주들과 전쟁 기술들에 관해 내가   15
해준 이야기를 잘 생각해 봐라. 습관적으로 하는 충성이란

충성이 아니고 의례적인 요식행위일 뿐이다. 이런 식으로
사고하면 우리 눈에 보이는 모든 것에서 유익함을 얻을 수
있지. 그러므로 커다란 날개를 뽐내는 독수리보다 때로는
딱정벌레가 안전하다는 것을 깨닫고 위로를 얻는 것이다.
따라서 이런 생활이 주인에게 욕이나 얻어먹으며 섬기는
것보다는 고상하고, 외상으로 산 비단옷 입고 거들먹거리는
것보다 떳떳한 것이지. 멋진 모자를 만들어준 재단사의
인사를 받을지라도 장부에는 외상 빚이 적혀있으니 이런
것들은 우리의 생활에 비하면 사는 것이랄 수 없는 거다.

가이더리어스   아버지야 경험에 따른 말씀이시지만 털도 안 난
햇병아리 같은 저희들은 둥지 밖으로 날아가 본 적도
없고 집 밖의 공기도 어떤지 모릅니다. 조용한 삶이
최고라면 이런 인생이 최고겠지요. 세상 풍파를 겪으신
아버지는 이런 삶이 행복이시겠지요, 연세도 많으시니깐.
하지만 저희들에게는 무지의 동굴이요, 꿈속에서 여행이며
감히 문지방을 넘지 못하는 빚쟁이의 감옥일 따름이에요.

아비라거스   아버지처럼 늙은 뒤에 저희가 뭐라고 말하겠어요?
컴컴한 섣달에 휘몰아치는 비바람 불면 이 추운 동굴에서
무슨 이야기를 하며 시간을 보내지요? 저희는 아무것도
본 적이 없어요. 짐승이나 다름없어요. 사냥할 때는
여우처럼 민첩하고 먹을 것에 늑대처럼 사납지만, 우리의
용기란 도망하는 짐승을 쫓는 것이고 새장에 갇힌 새처럼
우리의 속박을 자유롭게 노래할 뿐이지요.

벨라리어스 무슨 어리석은 소리냐! 네가 고리대금업자 같은 도시 45
생활의 쓴맛을 보고 그 생활을 뼈저리게 느끼게 하고
싶구나. 궁중 생활이란 자리를 지키기도 관두기도 똑같이
어렵거니와 꼭대기에 오르면 반드시 추락하기 마련이고
떨어지지 않는다 하더라도 미끄러워서 떨어질까 하는
걱정이 그에 못지않은 법이다. 그리고 전쟁의 고역은 50
명성과 명예를 구실로 위험을 감수한다지만 도중에 사라져
버리고, 묘비에는 대개 비난과 선행이 같이 적히기
마련이지. 아니야, 대개의 경우 선행은 인정받지 못하고
심하면 억울하게 오명만 얻게 되거든. 아 얘들아, 세상이 55
나를 보면 알 수 있단다. 내 몸에는 로마군의 칼자국들이
나 있는데, 한창때는 펄펄 날았단다. 심벨린은 날 총애했고
군대 이야기만 나오면 내 이름이 화젯거리였지. 그 당시
나는 열매가 주렁주렁 매달린 나무와 같았지만 어느 날
밤, 폭풍인지 강도인지가 무르익은 열매는 물론 60
이파리까지 흔들어 떨어뜨려서 나를 벌거벗게 만들었던
것이다.

가이더리어스 총애라는 것은 도무지 믿을 것이 못되거든!

벨라리어스 내 이전에도 종종 너희에게 말했듯이 나는 전혀 죄가 65
없었는데 내가 로마와 내통했다는 두 악당 놈들의 사악한
거짓 맹세가 심벨린에게 더 믿음이 갔기 때문인지 난 추방
당했어. 그 후 난 이십 년 동안 이 바위와 이 일대를
나만의 세계로 여기며 정직하고 자유롭게 살아왔고 하늘에 70

진 빚에 대해서도 이전의 내 인생 전반보다 더 경건하게
정성을 드렸다. 그러나 산으로나 가자! 이런 이야기는
사냥꾼이 할 이야기는 아니야. 제일 먼저 잡는 사람이
75 오늘 잔치의 주인공이고 나머지 두 사람은 시종 역이 되어
봉사하는 거다. 여기선 독살당할 걱정을 안 해도 돼,
산해진미가 넘치는 큰 나라 식탁에서는 그래야 하지만.
계곡에서 보자.

[가이더리어스, 아비라거스 퇴장.]

아, 타고난 빛은 감출 수가 없구나. 저 애들은 자신들이
80 왕자라는 것을 전혀 알지 못하고, 심벨린도 자신의
아들들이 살아있으리라곤 꿈에도 알지 못할 것이다.
저 애들이 날 친아버지로 생각하고 있지만, 허리를
굽혀야 겨우 다닐 수 있는 좁은 동굴에서 컸으나 왕궁의
85 천장을 뚫을 정도로 기상이 보통 애들과는 다르고, 작은
일에도 왕자다운 기품이 보이는구나. 저 폴리도어는
심벨린을 계승하여 브리튼의 왕이 될 세자로 원래 이름은
가이더리어스이지. 아, 내가 세발 의자에 앉아서 옛날의
90 무용담을 풀어 놓으면 넋이 나간 채 내 이야기에 몰입되곤
했어. 예를 들어 "적이 쓰러지자 내가 목을 요렇게 발로
밟아 눌렀지"라고 얘기하면 볼이 발그레 붉어지고 땀을
흘리며 왕자답게 내가 말한 대로 따라서 해 보이거든.
95 동생의 원래 이름도 아비라거스라고 불렀지. 걔도 역시
내 이야기에 같은 자세를 취하며 자기의 상상을

더해서 한층 더 실감 나게 흉내 내곤 했어. 오, 사냥이
시작됐구나. 아 그대 심벨린이여, 하늘과 내 양심이 다
알고 있듯이 나를 추방한 것은 부당한 짓이었다고. 100
그래서 내가 너의 두 살, 세 살짜리 왕자를 훔쳐낸
것이다. 유리필레여, 당신은 이 애들 유모였지만,
애들은 당신을 친엄마로 알고 있소. 지금도 매일 당신
무덤에 성묘하고 있어요. 벨라리어스 인 나는 모건으로 105
부르지만, 두 아이들은 날 친아버지로 알고 있어. 사냥이
한창인가 보군. [퇴장.]

4장

밀포드 헤이븐 근처의 시골.

피사니오와 이모진 입장.

이모진 말에서 내릴 때 갈 곳이 멀지 않다고 했지 않느냐?
우리 어머니가 나를 낳으실 때도 이처럼 초조해하지는
않으셨을 거다. 이봐, 피사니오! 나의 포츠머스님은 어디
계시지? 무엇을 숨기기에 그런 눈빛이냐? 게다가 땅이
꺼질 듯 한숨까지 내쉬니 말이야. 그런 표정은 그림을
그린 것이라 할지라도 어떤 말 못 할 고민이 있음을
6   알 수 있지. 그런 무서운 표정 짓지 마. 차분한
내 마음마저 공포로 정신 이상에 걸릴 것 같다고.
무슨 일이지, 응? 왜 그렇게 무서운 표정으로 이 편지를
10   내게 주는 거야? 그 편지가 만일 여름처럼 밝은
내용이라면 먼저 웃으며 주고, 겨울 같은 편지라면 그냥
지금 그 표정 그대로 건네주던가. 어, 이건 남편 글씨인데?
저주받을 독살로 악명 높은 이탈리아지, 그이가 어떤 덫에
15   걸려서 위험에 빠진 것은 아닐까? 이봐, 어서 말을 해라.
최악의 사실일지라도 네가 말해주면 나을지 몰라. 내가
읽으면 읽다가 놀래서 숨 막혀 죽을 것만 같구나.

피사니오 마님, 제발, 일단 읽어 보세요. 그럼, 이놈이 운명에게
　　　　버림받아 얼마나 불쌍한 인간인지 아시게 될 겁니다요.　　　　20

이모진 [읽는다.] 피사니오, 너의 여주인은 내 침대 속에서 간통을
　　　　저질렀다. 그 증거가 너무도 명확하여 내 몸이 피를 토해
　　　　내고 있다. 이것은 막연한 추측이 아닌 너무도 확실한
　　　　것이기에 나의 비통함은 심대하며 복수에 대한 결심도
　　　　확고한 것이다. 너의 충직함이 그 더러운 년의 불의에　　　　25
　　　　오염되지 않았다면 나의 복수를 위해 충성을 바쳐라.
　　　　너의 손으로 그년을 죽여라. 밀포드 항구에서 너에게
　　　　기회를 주겠다. 그럴 목적으로 그년에게 서신을 보내겠다.
　　　　그런데 만약 네가 죽이는 것이 두려워 주저한다면 너　　　　30
　　　　역시 부정의 뚜쟁이요, 그년과 한패이며 똑같은 배신자로
　　　　볼 것이다.

피사니오 [방백] 내가 검을 뽑을 필요가 있을까? 저 편지가 이미
　　　　아씨의 목을 베어 버렸잖은가. 그래 중상모략은 날 선
　　　　검보다 더 날카롭고 그 혓바닥의 독성은 나일 강의 모든　　　　35
　　　　독사의 독을 합친 것보다도 강하고 그 입김은 허공을
　　　　달리는 바람에 실려 세상 구석구석에 퍼져 나가서, 왕과
　　　　왕비며 고관대작들, 처녀와 아낙네들에게도, 아니 심지어
　　　　무덤 속에까지도 이 독사와 같은 중상모략은 스며들지.
　　　　[이모진에게] 아씨, 왜 그러십니까? 괜찮으세요?　　　　40

이모진 내가 우리 침대에서 부정을 저질렀다고? 부정을 했다는
　　　　것이 무슨 말이지? 잠자리에 들었지만 뜬눈으로 긴 밤

지새우며 그이를 생각한 것을 말하는 것이냐? 시간마다
하염없이 눈물 흘렸던 것을 말하는 것인가? 어렴풋이 잠이
들었다가도 그분 신변에 무서운 일이 닥친 듯한 꿈을
꾸면 놀라 깨어나는 그런 것을 말하는 것이냐? 아, 그런
것이 부정이란 말이냐고?

피사니오 아, 가여운 아씨!

이모진 내가 부정을 저질렀다고? 당신의 양심은 알고 있을
거예요. 이아키모, 당신이 그분을 난봉꾼이라 욕했을 때,
그대는 악당처럼 보였지만, 이제 생각해 보니 악당의
인상은 아니었던 것 같아. 아마 어떤 이태리의 창녀,
그러니까 화장 분을 뒤집어쓰고 태어난 것 같은 매춘부가
그이를 속인 거야. 그러나 불쌍한 나는 유행 지난 헌 옷
같은 신세지. 벽에 걸어두기에도 부끄러우니 치워
버려야 해. 갈기갈기 찢어서 말이야. 아, 남자들의 맹세란
깨기 위한 것이구나. 당신의 배신 때문에 아름다운
외양이란 한낱 추악한 짓을 위한 가면이요, 태생적인
것이 아니라 여자를 농락하기 위한 미끼일 뿐인 것으로
타락하게 되었어요.

피사니오 선하신 아씨 마님 제 이야기 좀 들어보시지요.

이모진 진실하고 정직한 사람들의 말도 여왕 디도를 유혹한
이니어스의 부정 때문에 믿기지 않았었지. 트로이를
공격한 사이논의 거짓 눈물 때문에 진정 불쌍한 수많은
사람들조차 동정을 받지 못했었거든. 당신도 큰 실수를

했기 때문에 모든 선량한 사람들이 위선자란 불명예를
지게 되었지요. [피사니오에게] 이봐라, 너는 그대
주인의 명을 충실히 이행해라. 그분을 만나면 내가   65
순순히 따랐다는 이야기를 전해다오, 나의 충절을 말이다.
자, 내가 칼을 뽑았으니 받아라. 그래서 내 사랑의 저택인
이 가슴을 찔러라. 내 심장을! 두려워 마라. 슬픔밖에는
남은 것이 없으니. 이 안에 너의 주인은 없다, 이전에는   70
내 안의 보물이었건만. 그의 명이니 찔러라. 더 좋은 이유
이었다면 용감했을 텐데 지금 너는 겁쟁이 같구나.

피사니오 썩 꺼져라, 이 악한 도구야! 너는 내 손에 저주를
내리지 못할 것이다.

이모진 왜 그러느냐, 나는 죽어야 한다. 내가 너의 손에 죽지   75
못하면 너는 네 주인의 충복이 아니다. 자살을
금하시는 거룩한 하나님의 금제가 내 손을 약하게
만드는구나. 이리 오라. 여기에 나의 심장이 있다.
아 여기 이 앞에 무언가 있구나. 잠깐만, 잠깐만!
방해되는 것이 있으면 안 되니까. 검집에 검이 쑤욱   80
들어가듯 들어가야지. 이게 무얼까? 충직한
레오나터스님의 말씀을 적은 서찰이네. 모든 것이
이단으로 변했다고? 가라, 가버려, 나의 믿음을 부패시킨
것아! 너는 더 이상 나의 가슴 장식이 될 수 없다. 그렇게
가련한 바보들은 거짓 선생들을 믿거든. 비록 배신당한   85
사람은 신랄하게 고통을 느끼지만, 그러나 배신자는 죄악

때문에 더 심한 비탄에 직면하게 되지.

그리고 그대 포츠머스, 그대는 내 부친 전하께 불순종을
부추겼고 나와 비슷한 신분의 왕자들을 경멸하여 그들의
청혼을 거절하게 하였지만, 그러나 그것은 흔한 일이
아니라 매우 드문 결정이었다는 것을 알게 될 것입니다.
지금 당신이 탐닉하고 있는 여자에게서 열정이 가시면
나에 대한 생각으로 얼마나 고통받으실지 걱정이네요.
[피사니오에게] 제발, 빨리 끝내 다오. 어린 양이
백정에게 이렇게 간청한다. 칼이 어디 있느냐? 너의
주인이 명하는데 너는 너무 느리구나. 나 또한 원하고
있지 않느냐.

피사니오 아, 자비로우신 마님.
저는 이 일을 하라는 명령을 받은 후부터 단 한 번도 편히
잠들지 못했나이다.

이모진 그러면 어서 행하고서 푹 자면 될 것이다.

피사니오 먼저 제가 그 일을 하기 전에 내 눈알이 빠져 버리길
기다릴 것입니다요.

이모진 그렇다면 왜 이 일을 맡았느냐? 어째서 구실을 만들어
그 수백 리 길을 달려왔느냐 말이다. 이곳으로 말이야?
나의 행동은 뭐고, 너는 어떻고? 말의 고생은 또
뭐냐고? 기회가 좋아서? 내가 없어졌다고 난리가 날
궁궐에 내 다시는 가지 않을 텐데? 왜 일이 여기까지
이르도록 해놓고선 활을 당기지 않느냐고, 잡으려고

노린 그 사슴이 바로 너 눈앞에 있는데 말이야?

피사니오 그러나 시간을 벌어서 그 악한 임무를 피해 볼까
해서였습니다. 그러는 동안에 한 가지 좋은 생각이
떠올랐사오니 자애로우신 마님 참고서 저의 말씀을
들어보십시오.

이모진 너의 혀가 지칠 때까지 이야기해 보거라.
나는 창녀라는 소리까지 들은 몸이다. 그래서 나의   115
귀가 거짓으로 상처를 입었으니 이보다 더 큰 상처를
입지 않을게다. 그러니 말해봐.

피사니오 그렇다면 말씀드리지요. 저는 마님께서 다시는
돌아가지 않으실 줄 알았습니다.

이모진 그랬겠지, 나를 죽이려고 여기로 데려왔으니까.

피사니오 아닙니다. 그렇지 않습니다.
그러나 제가 정직한 만큼 영리하다면 저의 계획이   120
잘 실행될 겁니다. 주인마님께서는 어떤 악당에게
속으신 것이 분명합니다. 이는 비할 바 없이 속임수에
능통한 어떤 놈이 두 분께 저주받을 중상모략 질을
한 것이 확실합니다.

이모진 어떤 로마의 창녀 짓일 테지?

피사니오 아닙니다. 제 목숨을 걸고 말씀드리지만.   125
저는 마님이 돌아가셨다는 소식만 전하겠습니다.
그래서 주인마님께는 피 묻은 증표를 보내겠습니다.
명령이 그랬으니 그렇게 해야 합니다. 마님께서는

궁궐에 안 계실 것이니 그것이 확실한 증거가 되겠지요.

이모진 이 착한 자야. 그동안 나는 무엇을 하지? 어디서
사냐고? 어떻게 생활하고? 내가 무슨 기쁨으로 사냐고,
남편에게는 죽은 몸인데?

피사니오 만약 궁궐로 돌아가신다면 —

이모진 궁궐은 싫어, 아버님도 싫고, 더욱이 그 신분은 높아도
거칠고 어리석고 미련한 클로튼 녀석과 야단법석 떠는
것은 너무도 싫어. 그 인간에게 구애 받는 것은 적에게
포위당하는 것보다도 더 끔찍한 일이야.

피사니오 만일 궁궐에 안 계실 거라면, 마님께서는 브리튼을
떠나셔야 합니다.

이모진 그러면 어디로 가라고? 태양이 브리튼에서만 빛나는
것은 아니겠지? 낮은? 그리고 밤은? 그것들이
브리튼에만 있는 것은 아닌가?
우리 브리튼은 세계라는 책 속의 일부처럼 보이지만,
그 안에 붙어 있는 것 같지 않아. 거대한 연못 속의
백조 둥지라고나 할까. 그렇지만 브리튼 밖에도 사람들이
살고 있겠지.

피사니오 외국을 생각하신다니 정말 다행입니다.
로마의 루시어스 대사가 내일 밀포드 항구에
도착합니다. 저, 만일 마님의 운명처럼 어두운 마음을
품으시면 사람들에게 신분이 노출되어 스스로
위험에 빠지게 되오니 변장을 하십시오. 마님께서는

130

135

140

145

유리하고 전망이 좋은 길을 걸으셔야 합니다. 게다가

혹시라도 포츠머스님 계신 곳 근처라면 좋겠지요. ₁₅₀

그러면 적어도 그분의 거동을 직접 보시지는 못할

지라도 그분이 어찌 행동하시는지 소식이라도 자주

들을 수 있을 터이니까요.

이모진 아, 그렇게 될 수만 있다면,

나의 정숙함이 위험에 빠지더라도 파괴되면 안 되지만,

나는 모험을 할 것이다.

피사니오 네, 그 요점은 이렇습니다. ₁₅₅

마님은 여자라는 사실을 잊으셔야 합니다. 변하셔야

한다고요. 즉 온순히 복종하는 것이 아니라 명령하는

조로, 두려움과 수줍음(모든 여성들의 자질과도 같은

더 정확하게는 진정으로 여성됨 그 자체인)을 장난치는

청년의 장난기로 바꿔서 농담 잘하고, 건방지고 예의 ₁₆₀

없고 걸핏하면 쌈질하는 족제비 같은 사내처럼 행동

하셔야 합니다. 진귀한 보물인 마님의 두 뺨도 잊으셔야

합니다. 내보이셔야 합니다. (그러나, 아, 마음 아프지만,

어쩔 수 없지요.) 누구에게나 뜨거운 입술을 퍼붓는

탐욕스러운 태양에게요. 그리고 여신 주노를 질투하게 ₁₆₅

했던 마님의 아름다운 의상도 잊으셔야 합니다.

이모진 아니, 길게 말할 필요 없어요.

네가 말하는 의미를 안다. 난 이미 남성이다.

피사니오 그럼 먼저 남장을 하십시오.

이럴 것을 예상해서 이미 준비했습니다(제 옷 가방이에요).

남성 상의와 모자, 양말 등 필요한 모든 세트를 다

준비했습니다. 그런 차림에 힘입어(마님께서 젊은

나이의 남자 흉을 내셔서) 고귀한 루시어스 앞에 나아가

인사하고서 하인으로 써달라고 그분에게 간청하시고

175 마님의 재능을 말씀하세요. 그가 음악을 들을 귀가

있다면 알아차리고서 의심할 바 없이 기꺼이 마님을

받아들일 겁니다. 그분은 명예를 아시는 분인 데다가,

그리고 매우 경건한 사람이기 때문입니다. 외국에서의

경비는 말입니다. 제가 돈을 넉넉히 갖고 있습니다.

180 그러니 처음부터 계속해서 생활하시는 비용까지 드릴

것이오니 심려 마십시오.

이모진 너는 신들이 나를 살리시려고 주신 유일한 위로구나.

제발 어서 가거라. 생각해야 할 것이 더 많지만,

그러나 고마운 시간이 우리에게 주는 것에 보조를

185 맞춰야겠다. 나는 이 일에 용기 있게 맞서 나갈 것이다.

그래서 왕자 같은 용기로 견뎌내겠다. 자, 어서 가자.

피사니오 마님, 소인은 잠시 작별인사를 드려야겠습니다.

소인이 사람들 눈에 안 보이면, 제가 마님을 궁궐에서

빼낸 것으로 의심받으니까 그렇지 않도록 하기

위해서는 잠시 가야 합니다. 고결하신 마님,

190 이 상자를 받으십시오. 이것은 왕비에게서 얻은

것입니다. 안에 귀한 것이 들어 있습니다. 만일

170

바다에서 멀미가 나시거나 육지에서 속이
아프실 때 이 약을 한 모금 마시면 병이 나으실
것입니다. 어디 안 보이는 곳으로 가서 남장으로
갈아입으십시오. 부디 하나님이시여, 마님을 최선의
미래로 인도하소서! ¹⁹⁵

이모진 아멘. 그대에게 감사한다.

[각기 퇴장.]

5장

심벨린의 궁전.

심벨린, 왕비, 클로튼, 루시어스와 귀족들 입장.

심벨린 [루시어스에게] 여기서 작별합시다.

루시어스 감사합니다, 폐하. 황제께서 저에게 오라고 서찰을
보내셔서 가야만 하옵니다. 황제께 폐하를 적이라고
고하지 않으면 안 되니 참 유감스럽습니다.

5 **심벨린** 경, 나의 신하들은 그분의 멍에를 져 황제의
신하가 되길 원치 않는구려. 그러니 내가 그들보다
못하면 군주의 위엄을 덜 보이는 것이 될 것이오.

루시어스 예, 그렇습니다. 폐하 청컨대 밀포드 항구로 가는
육로를 호위하여 주시기를 바라옵니다.
왕비마마, 그리고 폐하께 온갖 기쁨이 내리시길
기원합니다. [클로튼에게] 왕자 전하께서도!

10 **심벨린** 경들, 이 임무를 경들에게 맡기노니, 의전에 있어서
한 치도 소홀함이 없도록 하시오. 자, 잘 가시오.
고결한 루시어스.

루시어스 손을 주시옵소서. 폐하.

클로튼 친구로서 이 손을 잡으시오. 그러나 이후부터는

당신의 적의 손임을 맹세하오.

루시어스 왕자 전하, 아직은 결과를 두고 봐야 승자를   15
알겠지요. 안녕히 계십시오.

심벨린 충직한 짐의 신하들이여, 고결한 루시어스를 떠나지
마시오, 그가 세 번 강을 건너기 전에는! 행운을 비오!

[루시어스와 귀족들 퇴장.]

왕비 그가 인상을 찡그리고 떠났지만 그렇게 만들었다는
것은 우리에게는 명예로운 일이다.

클로튼 더 잘됐지요.
용감한 브리튼 인들의 소망에 부합되는 일이니까요.   20

심벨린 루시어스는 이미 이곳에서의 상황을 편지로 황제에게
보고했을 거다. 따라서 우리는 전차와 기병을 신속히
대비토록 해야 할 것이다. 황제는 갈리아에 이미 주둔
시킨 병력을 거병하여 곧 우리 브리튼과의 전쟁에   25
전력을 투입할 테니까.

왕비 꾸물거릴 일이 아니에요. 신속하고 강력히
대처해야겠어요.

심벨린 이렇게 될 것을 예측했기에 충분히 대비해 두었소.
그런데 온유한 왕비여, 공주는 어디 있소? 로마
사신 앞에도 모습을 보이지 않고 나에게 아침 문안   30
인사도 않는군. 부모에게 효도는 고사하고 악의만
품고 있는 것처럼 내게 보이는구먼. 공주를 불러라.
내가 그 방자한 행동을 너무 관대히 봐준 것 같다.

[시종 한 사람 퇴장.]

왕비 폐하, 공주는 포츠머스가 추방된 후로 사람들 앞에
35   좀처럼 모습을 드러내지 않고 은둔 생활을 하고
              있으니 시간이 좀 지나야 상처가 아물 것 같습니다.
              그러니 폐하, 지나친 말씀은 자제하여 주시기
              바랍니다. 공주는 꾸중에 민감한데, 심한 말씀은
40   그녀에게 매질하는 것과 같으니 그러시면 공주는
              죽을 수도 있습니다.

                          시종 다시 등장.

심벨린 공주는 어디 있느냐?
              자신의 불경에 대해서 뭐라 변명하더냐?
시종 황공하옵니다만 폐하,
              공주님의 방문은 모두 잠겨있었고 아무리 큰 소리로
              불러보았어도 전혀 대답이 없으셨습니다요.
45 **왕비** 폐하, 제가 마지막으로 공주를 만나러 갔을 때에,
              공주는 매일매일 마땅히 폐하께 문안 인사를 드려야
              하오나 몸이 쇠약하여 자식 된 도리를 다하지 못하는
              점을 잘 말씀드려 달라고 부탁했는데, 궁중의 큰일로
50   깜박 잊고 말씀드리지 못했으니 저의 잘못입니다.
심벨린 공주의 방문이 잠겨있었다고? 최근에 안 보였다고?
              하늘이시여 내 걱정이 한낱 기우이기를!

                                      [퇴장.]

왕비 아들아, 폐하를 따라가라.

클로튼 공주의 시종들 중 늙은 피사니오도 최근 이틀간   55
안 보였어요.

왕비 가거라, 알아봐라.

[클로튼 퇴장.]

피사니오, 그놈이 포츠머스를 위해서 일깨나 했었지.
녀석이 내 약을 가지고 있으니, 안 보이는 이유가
그걸 삼켜서이기 때문이길 빈다. 그놈은 그 약이
매우 귀중한 것으로 믿고 있잖아. 헌데 공주는,   60
그녀는 어디로 간 거지? 필시, 절망에 사로
잡혔거나, 아니면 사랑의 열기를 날개 삼아 사모하던
자신의 서방 포츠머스에게로 날아가 버렸겠지. 어쨌든
그년은 사라졌어. 죽었거나, 불명예를 택했으니,
내게는 어쨌든 잘된 일이야. 그년이 몰락했으니   65
브리튼의 왕관은 이제 내 손에 들어왔구나.

클로튼 다시 등장.

아니, 아들아 어떻게 됐니?

클로튼 도망간 것이 확실해요. 아바마마를 고정시켜드리세요.
격노하고 계셔요. 아무도 감히 접근을 못 해요.

왕비 [방백] 더 잘됐구나.
오늘 밤이여 왕의 내일을 앗아가 버리시기를! [퇴장.]   70

클로튼 난 공주를 사랑하며 증오하지. 그녀는

아름다우면서도 고귀함이 있으니까. 그리고 다른
숙녀나 여인들이 갖고 있는 것보다 더한 최상의
품격과 세련됨을 갖고 있거든. 모든 사람들이 갖고
75 있는 것들을 다 합친 것보다 더 고귀하지. 그런 고로
나는 그녀를 사랑한다. 그러나 나를 경멸해버리고 저
비천한 포츠머스 놈에게는 애정을 던져줘 버려서
자신의 장점들을 쓸모없게 만들어 버리니 미워하지
않을 수 없다. 반드시 복수해 버릴 거야. 왜냐면
80 바보들이 복수할 때는, 꼭―

피사니오 등장.

이거 누구냐? 아니, 무슨 음모를 꾸미는 게냐?
이리 와라, 이 녀석, 맹랑한 포주 녀석! 악당 놈.
너의 여주인은 어디 있느냐? 빨리 말해라.
아니면 곧장, 지옥으로 보내 버릴 거다.
피사니오 오, 인자하신 마마!
85 **클로튼** 너의 주인은 어디 계시냐? 아니면, 주피터의
이름에 맹세코― 다시는 묻지 않겠다. 순 악당 녀석,
너의 심장에서부터 나오는 진실을 듣던가 아니면,
비밀을 캐내기 위해 너의 심장을 쪼개 버릴 테다.
그녀는 포츠머스와 있느냐? 그놈은 너무도 미천해서
단 한 푼어치도 미덕이란 없는 놈이다.
90 **피사니오** 아아, 왕자님, 어찌 공주님이 그분과 함께 있을 수

있겠어요? 언제 사라지셨는데요? 포츠머스님은
로마에 있어요.

클로튼 그녀는 어디 있냐? 이리 더 가까이 와라. 더 이상
머뭇거리지 말고, 실토해! 그녀가 어찌 되었느냐?

피사니오 오, 지극히 훌륭하신 전하!

클로튼 지극히 훌륭한 악당아!   95
네 여주인이 어디 있는지, 당장 이실직고해.
쓸데없이 '지극히 훌륭한' 이런 개 소리 말고.
말하라고, 입 다물고 있으면 넌 유죄판결이고 즉결
처분이야.

피사니오 그렇다면 전하, 이 서신이 제가 아는 공주님이
사라지신 것에 관한 지식의 전부입니다.   100

[편지를 건넨다.]

클로튼 어디 보자. 내가 심지어 황제의 옥좌 앞까지라도
잡으러 갈 것이다.

피사니오 [방백] 이러지 않으면, 난 끝이다.
공주님은 멀리 계시니, 편지를 보고 잡으러
떠나봤자 생고생이지. 공주님은 안전하셔.

클로튼 흠!

피사니오 [방백] 주인님께 공주님이 별세하셨다고 편지를   105
써야지. 오 이모진, 무사히 다니시다가 안전하게
돌아오세요, 공주님!

클로튼 이봐, 이 편지 진짜냐?

피사니오 예, 제 생각은 말입니다.

클로튼 이건 포츠머스 필체야, 나는 알지. 이봐라, 만일
네놈이 더 이상 악당 짓 하지 않고 나를 위해
진정으로 봉사한다면, 내가 시킨 일을 아주
열심히 한다면, 말하자면 내가 시키면 어떠한
악역이라도 충실하게 행한다면 말이야, 나는 너를
정직한 놈이라고 생각할 것이다. 그러면 너를 위해
필요한 만큼 돈도 지원해주고 너의 승진을 위해서도
말해 줄 것이고.

피사니오 예, 감사하옵니다. 전하.

클로튼 나를 섬기겠느냐? 땡전 한 푼 없는 포츠머스 놈에게
조차 잘 붙어있었으니 내가 고맙다면 나의 충직한
하인이 될 수밖에 없을 것이다. 그래 내게 충성을
바치겠느냐?

피사니오 예, 그러겠습니다.

클로튼 손을 내밀어 봐, 여기 내 지갑이다. 너의 옛 주인의
옷 좀 가지고 있는 게 있느냐?

피사니오 있습니다요. 제 방에 그분이 제 여주인이며 연인과
헤어질 때 입었던 옷이 있습죠.

클로튼 네가 할 첫 번째 임무는 그 옷을 나에게 이리로
가져오는 거다. 이 일이 너의 첫 번째 봉사가
되게 해주마. 가라.

130 **피사니오** 그러겠사옵니다. 전하. [퇴장.]

클로튼 밀포드 항구에서 만나자고! (그 녀석에게 잊고서
묻지 않은 것이 하나 있군. 곧 기억하겠지.) 바로
거기에서. 너 악당 포츠머스 놈아, 내가 널 죽여
주마. 옷이 빨리 도착해야지 말이야. 그년이 전에
그리 말했지─이제야 나는 내 가슴속 쓰라린   135
화를 뱉어내는구나─ 나를 꾸미는 갖가지 장점들을
지니고 태어난 내 고귀한 신분보다도 그 포츠머스
놈의 옷이 더 소중하다는 말이지? 바로 그 옷을
입고서 그년을 겁탈해야지. 먼저 그놈을 죽이고,
그년이 보는 앞에서 말이야. 그러면 나의 용맹함을   140
볼 테고, 그것은 나를 경멸했던 그년에게 큰 고통이
되겠지. 땅바닥에 쓰러져 죽은 놈의 시체에게는
모욕을 퍼붓고 끝장낼 것이다. 그리고 나의 욕망을
채우고 나면─그것은, 내가 말했듯, 그년이 그토록
칭찬했던 그 옷을 입고서 그년을 학대하기 위해서
거사를 실행하겠다는 것이지─ 그년의 등을 치고   145
발로 걷어차면서 궁궐로 다시 데려가야겠다.
그년이 나를 기뻐하며 경멸했으니 나도 즐겁게
복수를 해야지.

　　　　　피사니오, 포츠머스의 옷을 갖고 다시 등장.

그 옷들이냐?

피사니오 예, 고귀하신 왕자 전하.

150 **클로튼** 공주가 밀포드에 간지 얼마나 되었느냐?

피사니오 아직 도착하지는 못했을 겁니다.

클로튼 이 옷을 내 방에 갖다 놓아라. 이것이 너에게
　　　　　명하는 나의 두 번째 명령이니라. 세 번째는
　　　　　나의 계획을 자발적으로 침묵하고 발설하지 않는
155　　　것이다. 그러나 충실히 행하면 진짜 승진은 저절로
　　　　　될 것이다. 나의 복수는 이제 밀포드에서 실행한다.
　　　　　쫓아갈 날개가 있으면 좋으련만! 가자. 진심으로
　　　　　충성하고.　　　　　　　　　　　　　[퇴장.]

피사니오 그대가 나에게 손해 보라고 하는군. 왜냐면 그대에게
　　　　　진실하면 내가 거짓말쟁이임을 증명하는 것이니, 나는
　　　　　결코 그러지 않을 것이네. 나는 그분에게 최고의 충성을
160　　　바치련다. 밀포드로 가라. 그러면 공주님을 찾을 수
　　　　　없을걸. 하늘의 축복이여 공주님께 임하소서!
　　　　　이 멍텅구리의 발걸음이 느려 터져서 생고생만 하게
　　　　　하소서!　　　　　　　　　　　　　[퇴장.]

6장

웨일즈: 벨라리어스의 동굴 앞.

소년의 옷을 입고 이모진 등장.

이모진 사내들의 삶이 참 지루하다는 것을 알았다.
　　　이틀 밤을 땅을 침대 삼아 잤더니 피곤해 죽겠네.
　　　몸져누워야 하지만, 굳은 결심 덕분에 버티고
　　　있구나. 밀포드, 피사니오가 산꼭대기에서 가르쳐
　　　주었을 땐 시야에 있더니만. 아 신이시여! 불쌍한　　　　　5
　　　사람들을 돌봐줄 시설들마저 사라져버리는가
　　　보네요. 길을 잃을 리 없다고 두 거지가 말했는데.
　　　처벌이나 시련을 고통이라 생각하는 불쌍한 사람들도
　　　거짓말을 하는가? 그래, 놀랄 것 없지, 부자들도
　　　좀처럼 진실을 말하지 않으니까. 풍족할 때 잘못하는　　　10
　　　것이 궁핍할 때 거짓말하는 것보다 더 나쁜 것이지.
　　　거지보다 왕이 거짓말하는 것이 더 나쁘거든.
　　　나의 님이여, 그대는 거짓말쟁이 중 한분이에요. 이제
　　　당신을 생각하니 굶주림이 가시는군요. 조금 전까지도　　15
　　　배가 고파 쓰러질 것 같았는데. ─그런데 이게 뭐지?
　　　여기 웬 길이 나 있네. 야만인의 것인가? 알아보지

않는 것이 좋겠다. 감히 부르지 못하겠다. 그러나
배고파 죽기 전에는 자연 용기를 내게 되지. 풍부함과
평화는 비겁함을 낳거든. 고난은 늘 인내의 어머니인
법. 호! 누구냐? 예를 아는 사람이라면 대답하고,
만일 야만인이라면, 내 걸 빼앗거나, 먹을 것을 줘라.
여기요! 대답이 없네? 그러면 들어가 봐야지. 검을
뽑는 것이 상책이지. 적이 나처럼 검을 두려워한다면
보고서 감히 겁먹고 쳐다보지도 못하겠지. 제발,
그런 적이기를 비나이다!   [동굴로 퇴장.]

7장

웨일즈: 벨라리어스의 동굴 앞.

벨라리어스, 가이더리어스, 아비라거스 등장.

벨라리어스 야, 폴리도어야, 네가 오늘 사냥을 제일 잘했음이
　　　　입증됐다. 그러니 네가 오늘 잔치의 주인이다.
　　　　캐드월과 내가 요리사와 하인이 될 거다. 약속은
　　　　약속이잖나. 열심히 흘린 땀에 대한 보답이 없다면
　　　　말라 죽고 말겠지. 자, 와서 먹자. 시장이 반찬이지.　　　　　5
　　　　피곤한 자는 돌베개 베고도 코를 골지만 게으른 자는
　　　　깃털 베개도 딱딱한 법. 이곳에 화평이 임하기를!
　　　　누추한 집이여, 그대로 있구나!

가이더리어스 완전히 지쳤다.

아비라거스 힘들고 피곤하지만 엄청 먹고 싶어.　　　　　　　　10

가이더리어스 동굴 속에 남은 고기가 있을 거야. 오늘 잡은
　　　　놈을 요리하는 동안 그거나 먹자고요.

아비라거스 [굴 속을 들여다보고] 가만, 들어가지 마.
　　　　우리의 음식을 먹으니 그렇지, 아니면 요정인 줄
　　　　알겠다.

가이더리어스 무슨 일이지요?

15 **벨라리어스** 아, 천사가 분명해! 아니면, 완벽한 귀인이로다.
보라 거룩한 존재다. 소년인 것 같은데!

이모진 등장.

이모진 선하신 분들이시어, 절 벌하지 말아 주세요.
19 여기 들어오기 전에 주인이 계시는지 물었어요.
먹을 걸 얻거나 아니면 사려는 생각이었거든요.
정말 아무것도 훔치지 않았고 또 그럴 생각도
없었어요. 설사 바닥에서 금덩이를 발견했더라도
말이에요. 여기 음식 값이 있습니다.
먹고 나서 식탁 위에 얹어두고 감사 기도를 하고
떠나려 했어요.
25 **가이더리어스** 젊은이, 돈이라고?
아비라거스 세상의 금과 은은 아무렴 쓰레기로 변하지.
그걸 존경하는 놈은 쓰레기 신들을 숭배하는 작자들
뿐일걸세.
이모진 화가 나셨군요. 알아요, 제가 잘못한 것 때문에
그러신다는 것을. 그러나 제가 음식을 먹지 않았더라면
저는 죽었을 거예요.
30 **벨라리어스** 어디로 가던 중이었지?
이모진 밀포드 항구로요.
벨라리어스 이름이 뭐냐?
이모진 피델레라고 합니다. 이태리로 가고 있는 친척이

한 명 있는데요, 그 사람이 밀포드에서 배를 탔거든요.

그를 찾아가다가 배가 고파 쓰러질 지경이어서 그만   35

이런 잘못을 저질렀습니다.

벨라리어스 잘생긴 젊은 친구, 부디, 우리를 야비한

사람들이라 생각 말게. 험한 곳에 산다고 마음까지

그런 것은 아니거든. 잘 왔네. 밤이 다 됐으니 떠나기

전에 좀 더 잘 먹고 가게. 조금 더 있다가 먹고 가면   40

고맙지. 얘들아 잘 대접해라.

가이더리어스 젊은 친구, 당신이 여인이었다면, 그대의

신랑이 되기 위해 열렬히 구애했을 텐데! 그대를

얻기 위해 어떤 값이든 치렀을 거요.

아비라거스 당신이 남자니 안심이 되는군요. 내 동생처럼

사랑하겠소. ―오래 헤어진 후― 만난 동생처럼 그대를   45

환영해요. 정말 환영해요! 즐겁게 놀아요. 그대도

이제 다 함께 한 가족이니까.

이모진 한 가족이라고요? 가족들이라, [방백] 만일

이 사람들이 내 부모형제들이라면 얼마나 좋을까?

내 가치는 좀 떨어지고, 그럼 포츠머스님과도 신분이   50

엇비슷해질 텐데.

벨라리어스 무슨 고민으로 괴로워하는군.

가이더리어스 내가 도와주고 싶다.

아비라거스 나도 그렇거든. 무슨 고통이나, 어떤 위험이

있든지 말이야.

벨라리어스 얘들아, 내 말 좀 들어라. [속삭인다.]

55 **이모진** 이 동굴보다 더 크지 않은 궁전을 가진 훌륭한

사람들이 변덕스러운 군중의 가치 없는 선물들을

사양한다고 해도, 시종들도 없어도, 그들의 양심이

보증하는 미덕만을 갖춘 이 두 사람에 비할 수 없을

거야. 용서하소서. 하나님. 저들과 어울리기 위해서

60 성별을 바꿔야 하겠습니다. 레오나터스는 변심했으니깐.

벨라리어스 그래, 그러자꾸나. 얘들아, 사냥해온 것을 다듬자.

멋쟁이 청년, 들어오게. 배고프면 말하기도 힘든 거야.

저녁을 들고 나서 정중히 자네의 사연을 들려달라고

청하겠네. 이야기하고 싶은 만큼만 해주게나.

65 **가이더리어스** 가까이 다가오게.

아비라거스 부엉이가 밤을 맞듯, 종달새가 아침을 반기는

것보다 더 환영하네.

이모진 고맙습니다.

아비라거스 가까이 오라니까. [퇴장.]

8장

로마. 광장.

두 명의 원로원 의원과 집정관들 등장.

의원 1 황제 폐하의 교지 내용은 이렇소.
현재 평민들은 판노니아 인들과 달마시안 인들과
대치 중이고, 갈리아에 주둔 중인 병력은 반란을
일으킨 브리튼 인들을 상대하여 싸우기에는 너무
열세이니 유지들을 호출하여 전쟁에 참전케 하라는   5
명령이오. 폐하께서는 루시어스를 총독에 임명했고, 당신들
호민관들에게는 즉시 징발하기 위한 절대적인
권한을 위임한다고 명하셨소. 시저 황제폐하 만세!

집정관 1 루시어스가 총사령관이라고요?   10

의원 2 그렇소.

집정관 1 지금 갈리아에 체류하고 있습니까?

의원 2 내가 언급한 대로 그의 군단들과 함께 있소.
그곳으로 당신이 징집한 병력은 보충병으로
가는 거요. 병력의 수와 출발 시기는 이 위임장에   15
명시되어 있소.

집정관 1 임무를 다 할 것이오.   [퇴장.]

4막

1장

웨일즈.

클로튼 혼자 등장.

클로튼 피사니오가 가르쳐준 것이 맞는다면 그 연놈이
만나기로 한 곳에 가까이 왔다. 그놈의 옷이 내게
잘 맞네! 그 양복쟁이를 만드신 신이 그년도
만들었으니 어찌 나에게 맞지 않겠어? 이런 말을
5 하기는 좀 뭐하지만, 여자의 성적 취향이란 그때그때
달라진다고 하지. 그 점에서 나는 프로처럼
행동해야겠다. 이건 감히 나 자신에게 말하는 거야.
남자가 자기 방에서 거울을 쳐다보고 의논하는 것이
헛된 자랑하는 것은 아니거든. 뭐 내 몸매도
그놈만큼 잘빠졌고, 또 젊기까지 한데다가 힘도
10 세고 재산도 그놈보다 못하지 않지. 시문도 녀석을
능가하고, 출신 성분도 위이고, 군대 지휘 능력도
얼추 비슷하며, 그리고 맞장 뜨면 내가 더 낫지.
이렇게 모든 면에서 나은 나를 두고 그 지각없는
년이 그놈을 사랑하다니. 참 부질없는 인간이로다!
15 포츠머스 이놈, 네 목이 지금은 어깨 위에 붙어

있다만 곧 떨어질 거고, 네 계집은 내게 겁탈당할
것이며, 네 눈앞에서 그년 옷을 갈가리 찢어주마.
다 마친 후에는 발로 차서 그 애비에게로 데려갈
것이다. 그 애비가 딸년을 거칠게 다뤘다고 약간
화를 낼 수 있겠지만, 내 어머니가 그의 성질을   20
조종할 힘이 있으니 모든 것을 나의 영예로 돌리게
만들 것이다. 말은 안전하게 매 두었으니, 검을 빼
들고, 끔찍한 일을 벌이자고! 운명이여, 두 연놈을
내 손아귀에 넣어다오! 이곳이 두 연놈이 만나는
장소라고 설명한 곳이 분명하렷다. 피사니오 녀석이 감히   25
나를 속였을 리 없다.   [퇴장.]

2장

벨라리어스의 동굴 앞.

동굴에서 벨라리어스, 가이더리어스, 아비라거스, 이모진 등장.

벨라리어스 [이모진에게] 넌 몸이 좋지 않다. 동굴에 남아라.
우리가 사냥을 끝낸 후 오마.

아비라거스 [이모진에게] 동생, 여기 있어. 우린 형제잖아?

이모진 네, 남자와 남자로서는 그렇지요. 그러나 똑같이
진흙과 진흙이지만 신분은 다르죠. 다 먼지로
5   돌아가지만, 저는 아주 아파요.

가이더리어스 사냥은 두 분이 가세요. 제가 함께 있을게요.

이모진 그렇게 많이 아프진 않아요. 좋진 않지만.
그러나 도시에서 자랐다고 큰 병도 아닌데 죽는
시늉하는 약골은 아니에요. 그러니 저는 그냥 두고
10   예정대로 사냥하러 가세요. 하루 일과를 어기면
모든 것을 깨게 되는 법이죠. 저는 아파요. 그러나
제 곁에 계신다고 나을 리는 없어요. 사교성이
없으면 친구가 옆에 있어도 위로가 되지 않아요.
이렇게 말할 수 있으니까 아주 아픈 것은
아니네요. 부탁하니 저를 믿고 여기 내버려 두세요.

저 자신 외에는 아무것도 훔치지 않을게요. 만일 15
그렇다면 보잘것없는 내 목숨이나 훔쳐서 죽을게요.

가이더리어스 나는 너를 사랑한다. 아까 말했지만, 그 정도는
내가 아버지를 사랑하는 만큼의 무게로 사랑한다고.

벨라리어스 뭐라고? 어떻다고? 어떻게?

아비라거스 만일 그렇게 말하는 것이 죄라면, 나도 형과 같이
죄를 짓겠어요. 내가 왜 이 소년을 좋아하는지 20
이유를 모르겠어요. 저는 아버지께서 '사랑에는
이유가 없다'라고 말씀하신 것을 들어왔어요.
문 앞의 영구차가 누가 죽을 것인가 물으면, 나는
이 젊은 친구가 아니라, '아버지'라고 대답할 거에요.

벨라리어스 [방백] 고귀한 가문! 천부적 훌륭함! 위대한 25
혈통이로다! 겁쟁이는 겁쟁이를 낳고, 비열한 자는
비열한 자식을 낳는 법이지. 자연은 곡식의 알곡도
겨도 만들고 천한 것도 귀한 것도 낳지. 나는 저들의
애비가 아닌데, 그런데 이 청년은 누구기에 기적같이
애들이 나보다도 더 좋아하지? 아침 아홉 시다.

아비라거스 잘 있어, 동생. 30

이모진 사냥 잘하세요.

아비라거스 몸조리 잘해라. ―이제 됐어요, 아버지.

이모진 [방백] 사람들이 참 친절하구나. 아, 내가
그간 들었던 이야기는 다 거짓이구나.
궁궐 사람들은 밖의 모든 사람들이 야만인이라고

했었지. 오, 체험이여 네가 그 말이 거짓임을
증명하는구나. 장엄한 바다는 괴물을 낳고 작은
강줄기는 예쁜 고기가 생기지. 나는 아직 몸이
아프거든. 가슴이 아프다고. 피사니오, 이제 네가
준 약을 맛보겠다.

가이더리어스 도무지 그를 어찌할 수 없었어. 그는 자기가
좋은 가문 출신이지만 불운했다고 말했고, 억울하게
배신당해 고통스럽지만 자신은 정직하다고 말하더라고.

아비라거스 나에게도 그렇게 말하더라. 그러나 후에 더 잘
알게 될 거라고 말했어.

벨라리어스 사냥터로, 사냥터로 가자! [이모진에게] 이제 너를
두고 떠날 테니 너는 들어가서 쉬어라.

아비라거스 금방 올게.

벨라리어스 부디, 아프지 마라. 왜냐면 너는 우리 집의
주부가 되어야 하니까.

이모진 낫든 아프든, 여러분에게 신세를 지는군요.

벨라리어스 언제까지나 그러길 빈다.

[이모진, 동굴 방향으로 퇴장.]

이 젊은이가 지금은 고생을 하지만, 훌륭한 조상을
뒀음이 분명해.

아비라거스 노래하는 모습이 어찌나 천사 같은지!

가이더리어스 게다가 정갈한 음식 솜씨라니! 우리가 가져온
야채 뿌리를 글자 모양으로 자르고, 국에 양념을 넣는

모습은 마치 아픈 주노 여신에게 진상할 음식을 ₅₀
조리하듯 하더라고.

아비라거스 그가 한숨과 미소를 동시에 짓는 것은 마치
그 한숨이 그런 미소가 아니라는 것 같아.
그 한숨은 미소를 비웃는 것 같은, 마치 거룩한 어떤
신전에서 나와서 선원들이 저주하는 폭풍과 섞이기
위해 날아가는 것을 비웃는 것 같은 미소 같아요. ₅₅

가이더리어스 슬픔과 인내가 둘 다 가슴에 뿌리를 내려서
그것들의 나무뿌리들이 서로 엉켜있음을 알 수
있었어.

아비라거스 인내야 자라라! 그래서 악취 나는 딱총나무의
죽음 같은 독 뿌리를 말라 죽게 해라! ₆₀

벨라리어스 멋진 아침이구나. 자 떠나자! 저기 누구지?

클로튼 등장.

클로튼 그 도망자 놈들을 찾을 수 없구나, 그 악당 녀석이
나를 조롱했어. 기운이 없구나.

벨라리어스 도망자들이라고! 우리를 말하는 건 아닐까? 내가
저놈을 좀 알지. 왕비가 데려온 클로튼이란 ₆₅
아들놈이야. 매복이 있을지 걱정이다. 여러 해 동안
못 봤지만 알아볼 수 있다. 우리는 범죄자로 찍혀
있으니 어서 피하자.

가이더리어스 저놈은 혼자예요. 아버지는 동생과 근처에

녀석의 부하들이 있는지 찾아보세요. 가보세요.

저자는 제가 혼자 처리할게요.

[벨라리어스와 아비라거스 퇴장.]

70 **클로튼** 멈춰라. 나를 피해 도망가는 너희들은 누구냐?

못된 산적 놈들이냐? 그런 놈들이 있다는 소리를

들은 적이 있지. 너는 뭐하는 촌놈이냐?

가이더리어스 무엇이든 간에, 놈이란 소릴 들으니 그 말 듣고

주먹 한 방 날리지 못할 촌놈은 아니거든.

75 **클로튼** 강도 새끼구나! 범죄자, 악당 놈. 무릎 꿇어

이 도적놈아.

가이더리어스 누구한테? 너에게? 네가 누군데? 내 팔뚝이 네

팔뚝보다 더 커 보이지 않냐? 심장은 어떻고? 그래

허풍만은 나보다 더 세다고 인정해주마. 나는 입에

칼을 물고 있지는 않으니까. 말해봐 네가 누군지.

내가 왜 너에게 무릎을 꿇어야 하는지 말이야.

80 **클로튼** 이 천한 악당 놈아, 내 옷을 보면 내가 누군지

모르겠냐?

가이더리어스 아니, 양복쟁이가 누군지도 몰라, 깡패야.

네 할아비겠지. 그 영감이 그 옷을 만들었겠지.

그 옷이 너를 인간으로 만든 것 같은데?

클로튼 야, 이 순 악당 놈아, 내 양복쟁이가 만든 게 아니야.

85 **가이더리어스** 그럼 여기서 떠나라. 그리고 너에게 그 옷을

준 사람에게 고맙다고 인사나 해라. 너 같은 바보는

때리고 싶지도 않아.

클로튼 이런 무례한 도둑놈아, 내 이름을 알려 줄 테니
벌벌 떨지나 말아라.

가이더리어스 너의 이름이 뭐냐?

클로튼 클로튼님이다. 이 악당 녀석아.

가이더리어스 네가 클로튼이라고? 이 이중으로 나쁜 놈아.
떨리지도 않는다. 차라리 두꺼비나 독사, 거미라고
하면 더 무서울지 모르지.

클로튼 네가 더 두렵도록, 아니, 이 사실을 알면 놀라 기겁을 91
할 거다만, 나는 왕비의 아들 클로튼이다.

가이더리어스 유감이구나. 네 행색은 그 신분만큼 좋아
보이지 않구나.

클로튼 두렵지 않느냐?

가이더리어스 현명한 분들은 내가 존경하고 두려워하지만 95
바보는 두렵지도 않고 비웃을 뿐이거든.

클로튼 그럼 죽어나 버려! 내 친히 너를 살해한 다음, 아까
도망친 놈들을 쫓아가서 마저 죽여주마. 그래서
러드시[16] 입구 성문 위에 걸어 둘 거다. 어서 항복을
하시지?

가이더리어스 야비한 산적 놈아.　　　　　　　　[싸우며 퇴장.] 100

---

16. 러드 시내(Lud's town)는 런던 시내를 의미한다.

벨라리어스와 가이더리어스 다시 등장.

벨라리어스 같은 패거리는 없나?

가이더리어스 그림자도 안 보이는데요? 잘못 보신 거
같아요.

벨라리어스 내가 본 지가 오래 되어서 말할 수는 없지만
아무리 세월이 흘렀어도 그자의 모습은 조금도
105 변하지 않았구나. 급한 목소리로 갑자기 토해내는 듯한
말투도 똑같거든. 바로 클로튼 놈이 확실하다고.

아비라거스 여기가 그들을 두고 떠난 곳이에요. 형이 그자를
잘 처리했으면 좋겠어요. 놈이 아주 잔인한 놈이라고
하셨죠?

110 **벨라리어스** 그때는 어렸을 때라서 그자가 두려움을 몰랐어.
판단력에 결함이 생기면 종종 두려움을 상실하게
되지.

클로튼의 머리를 들고 가이더리어스 다시 등장.

가이더리어스 이 클로튼이란 녀석은 멍청이던 데요. 텅 빈
돈지갑이라서 땡전 한 푼 없었어요. 헤라클래스도
115 머리에서 아무것도 짜낼 수 없었을 거예요. 머리가
비었으니까요. 제가 이러지 않았으면 이 녀석이 제
머리를 이렇게 들고 있었을 겁니다.

벨라리어스 무슨 일을 한 거냐?

가이더리어스 확실하게 클로튼의 목을 따버렸죠. 왕비의 아들
말이에요. 이 녀석 말에 따르면요. 이 녀석이 저를
보고 반역자라느니, 산적이라니, 그리고 자기 손으로   120
우리를 직접 잡아들여 머리를 베겠다고 맹세까지
하더라고요. ㅡ감사하나이다. 하나님!ㅡ 그런 다음에
우리 머리를 런던 시내 위에 효수하겠다고까지
했거든요.

벨라리어스 우린 이제 끝이다.

가이더리어스 끝일 것이 뭐예요 아버지. 우리가 잃을 게
목숨밖에 더 있나요? 법이 우리를 보호하지도   125
못하는데, 거만한 살덩이에 불과한 놈이 우리를
위협하고, 재판관처럼 행동해도, 그리고 사형
집행인처럼 굴어도 우리는 온순해야 하고, 또 그런
법을 두려워해야 한다는 말씀이세요? 근처에
그 녀석의 패거리가 있던가요?

벨라리어스 이 근처에는 아무도 없더구나.   130
근데 이치적으로 따져볼 때 시종 몇 놈을 데리고
오는 것이 정상이거든. 비록 그 녀석이 성질이
변덕스럽고 나쁜 기질은 더 악화되기 마련이지만,
아무리 미친놈이라도 여기를 혼자서 왔을 것 같지는   135
않다. 혹시 이곳 동굴에 우리 같은 무리가
생활하고 있고, 사냥도 하고 살고 있는데 범죄자라면,
그런 산적 같은 무리가 나중에 강력한 군대를

일으킬지도 모른다는 소문이 궁전에까지 퍼지면
140 그 소문을 들은 놈이 −원래 성격이 그러니− 자기가
잡아오겠노라고 큰소리를 쳤을지 모르지. 하지만
어쨌든 혼자 왔을 리는 없어. 나선다고 혼자 가게
내버려 뒀을 리도 없고. 그렇다면 우리가 두려워하는
것은 합당한 이유가 있는 셈이지. 이놈의 몸통이
꼬리를 달고 왔다면 머리보다 더 위험할 수 있거든.

145 **아비라거스** 신들이 운명을 정했다면 오라지요. 어쨌든 형이
잘했어요.

벨라리어스 오늘은 왠지 사냥할 마음이 안 나더라. 피델레가
아픈 것이 오늘 마음에 걸려서 발걸음이 떨어지지
않더구나.

150 **가이더리어스** 내 목을 겨누고 휘두르던 녀석의 칼로
놈의 목을 잘라버렸어요. 이 목을 우리 집 뒤의
시냇물에 던지면 바다로 떠내려갈 것이고 그러면
물고기들에게 자기가 왕비의 아들 클로튼이라고
외쳐대겠지요. 그것이 제 관심의 전부예요.

[퇴장.]

벨라리어스 복수하러 올까 봐 걱정된다. 폴리도어의 용기는
가상하다만, 그 일을 하지 않았으면 좋았을 것을.

156 **아비라거스** 제가 해버렸으면 좋았을 것을요. 그러면
복수하려고 저만 쫓을 텐데요. 형, 형을 사랑하지만
형이 이번에 공을 빼앗아가서 분해요. 우리의 힘으로

맞설 수 있는 복수라면, 우리를 찾아 우리가 대적하게
해주길 바랄 뿐이야.   160

벨라리어스 됐다. 다 끝난 일이야. 오늘 사냥은 그만두자.
이익이 없는 위험을 더 이상 구하지 말자. 자,
동굴로 돌아가자. 너 하고 피델레가 식사 준비를
해라. 나는 성미 급한 폴리도어가 돌아오기를
기다렸다가 녀석이 오면 함께 곧장 식사하러 가마.   165

아비라거스 불쌍하고 아픈 피델레!
내 어서 그 애에게 가서 돌보지요. 그의 건강한
안색을 되찾기 위해서라면 그따위 클로튼의 피는
얼마든지 흘려도 자비를 베풀었다고 제 자신을
칭찬할 거에요.   [퇴장.]

벨라리어스 오 그대 여신이여, 그대 신성한 자연이여,   170
두 어린 왕자 속에서 그대의 천성이 빛나는구나.
그들의 마음은 부드러워 제비꽃 아래를 스쳐
지나가는 미풍 같아 머리조차 흔들리지 않게
하면서도 왕자다운 혈기에 화가 나면, 산꼭대기
소나무를 흔들어 골짜기 쪽으로 쓰러뜨리는 폭풍같이   175
격렬하구나. 참 놀라운 일이로다. 보이지 않는 천품이
누구에게도 배우지 않았으되 제왕의 위엄과 가르치지
않은 명예를, 누가 보여주지도 않은 예의 바름이,
가꾸지 않았으되 그들 안에서 저절로 자라나 마치 씨
뿌린 듯 열매를 맺는 용기가 놀라울 뿐이로다.   180

그러나 여전히 불안한 것은 클로튼이 이곳으로
온 것이 무엇을 의미하는지, 또는 그의 죽음이
우리에게 가져다줄 결과가 어떤 것인지 이다.

가이더리어스 다시 등장.

가이더리어스   제 동생이 어디 있나요?
클로튼의 멍텅구리 대가리는 시냇물에 흘러
버렸어요. 자기 어머니에게 보내는 사절로요.
185   그의 남은 몸통은 대가리가 올 때까지의 인질인
셈이지요.   [장엄한 음악소리]
벨라리어스   나의 정교한 악기의 소리여. 들리지 폴리도어.
그런데 왜 캐드웰이 지금 악기를 연주하지? 들어봐!
가이더리어스   그가 지금 집에 있나요?
벨라리어스   그래, 이제 방금 들어갔다.
가이더리어스   왜 저러지요? 내 사랑하는 어머니께서
191   돌아가신 이후로 저런 적이 없었는데. 모든 엄숙한
음악은 엄숙한 사건이 있을 때 연주하는 법. 무슨
일일까? 별일 아닌 일로 의기양양하거나, 하찮은
일로 슬퍼하는 것은 유인원을 위한 환락이고 애들을
위한 슬픔인데 캐드웰이 미쳤나?

아비라거스, 죽은 이모진을 그의 팔에 안고 다시 등장.

벨라리어스 보아라, 그가 나온다. 그리고 그의 팔에 우리가   195

나무랐던 음산한 음악의 원인이 안겨있구나!

아비라거스 그 새는 죽었다. 우리가 그토록 소중히 여겼던

그 새가 말이야. 저는 이런 꼴을 보느니 차라리

이팔청춘 십육 세에서 예순 살 나이로 건너뛰어서

젊게 뛰노는 이 다리를 지팡이 짚는 신세로   200

바꿔버리는 것이 낫겠어요.

가이더리어스 오, 너무도 향기롭고 아름다운 백합이여.

나의 아우에게 안겨있는 그대는 그대가 스스로

성장하고 있을 때의 절반도 안 되는구나.

벨라리어스 오, 비통하도다.

대체 누가 그대의 가슴속 바닥까지 헤아려 볼 수

있었으며, 바닷속 부드러운 진흙을 찾아주었겠느냐!   205

느릿한 배가 항구에 잘 정박하도록 말이다.

축복받은 자여, 네가 어떤 성인이 될지는

하나님만이 아시겠지만, 그러나 나는, 매우 드물게

슬픔 때문에 죽은 너로 인해 슬프구나. 발견했을 때

어떻더냐?

아비라거스 뻣뻣했어요. 보시는 것처럼 말이죠.

이렇게 미소 지으면서요. 마치 죽음의 독화살을   210

비웃는 것이 아니라 파리가 간질인다는 듯이

오른쪽 뺨을 방석에 대고서요.

가이더리어스 어디에서?

아비라거스 마루 위에서요. 그의 팔은 이렇게 마주 잡고
　　　　　있기에 나는 자는 줄 알았어. 그래서 징 박은 신발을
　　　　　벗었지. 투박한 신발이라 발소리가 너무 컸거든.

215　**가이더리어스** 아니, 지금도 잠든 것 같군. 만일 그가 죽어서
　　　　　무덤이 자기 침대가 된다면, 여자 요정들이 그의
　　　　　무덤을 에워싸고 지키겠지. 그러면 벌레들은 그대
　　　　　곁에 얼씬도 하지 않을 거야.

아비라거스 가장 아름다운 꽃들로써 여름이 지속되는 동안에,
　　　　　그리고 내가 여기에 사는 한, 피델레, 나는 너의 슬픈
220　　　　무덤을 장식해 줄 거야. 너의 얼굴을 닮은 꽃, 창백한
　　　　　앵초꽃도 얼마든지 갖다 줄게. 그리고 너의 혈관처럼
　　　　　푸르른 초롱꽃도, 또 네 숨결보다는 덜 향기로운
　　　　　들장미. 아버지 무덤에 비석도 안 세운, 부유한
225　　　　상속자 아들을 부끄럽게 만든다는 울새는 그 사랑스러운
　　　　　부리로 그대에게 이 모든 꽃들을 물어다 줄 거야.
　　　　　꽃이 없을 때에는 한겨울 포근한 이끼를 물어다
　　　　　너를 덮어 주겠지.

가이더리어스 제발, 그만해라. 이렇게 엄숙한 일을 두고
230　　　　계집애처럼 우는소릴 하면 안 되잖아. 그를
　　　　　묻어주자. 지금 마땅히 해야 할 일을 놀래서 질질
　　　　　끌어서는 안 된다. 자, 묻어 주러 가자.

아비라거스 이야기해 봐요, 어디에다 매장해요?

가이더리어스 선하신 유리필레, 우리 어머니 곁에다.

아비라거스 그렇게 하지요. 그리고 폴리도어 형,   235
　　　　　우리말로요, 비록 우리 목소리가 변성기라 별로
　　　　　좋지는 않지만, 묻어주면서 노래를 불러주자고요.
　　　　　어머니를 매장할 때처럼 같은 곡조와 가사로 부르되
　　　　　이름만 바꿔 부르면 되잖아. 유리필레를 피델로로
　　　　　말이야.

가이더리어스 캐드월아, 나는 부를 수 없다. 울면서 가사를   240
　　　　　읊을게. 슬퍼서 부르는 노래 가사가 선율과 맞지
　　　　　않으면 신부와 성당이 거짓말하는 것보다 더 최악이지.

아비라거스 그럼 그냥 말로 하자.

벨라리어스 거대한 슬픔이 보다 작은 슬픔을 치유하는
　　　　　효험이 있는가 보다. 클로튼을 깜박 잊었구나.
　　　　　얘들아 그는 왕비의 소생이다. 기억해라.   245
　　　　　비록 그가 우리의 적으로 왔었지만 이제 죗값을
　　　　　치렀다. 비록 천하거나 귀한 자라도 죽으면 다 같이
　　　　　썩어서 하나같이 먼지가 되지만, 세상의 천사인
　　　　　존경심은 신분의 높고 낮음 사이의 위치를
　　　　　구분하는 법이란다. 비록 왕자가 우리의 적이라서   250
　　　　　네가 그의 목숨을 **빼**앗았지만, 그를 한 사람의
　　　　　왕자로서 예우하여 묻어 줘라.

가이더리어스 그러면, 시체를 이리로 가져다주세요.
　　　　　테르시테즈[17]의 몸이나 영웅 에이젝스의 몸도 죽고 나면

---

17. 테르시테즈(Thersites): 트로이 전쟁에 등장하는 용렬한 그리스의 병사 이름.

다 똑같지요.

아비라거스 만일 아버지가 그를 가지러 가시면, 저희가
그동안 곡을 낭송하겠어요. 동생아, 시작하자.

[벨라리어스 퇴장.]

255 **가이더리어스** 아니야, 캐드월, 우리가 그 애의 머리를 동쪽
방향으로 두어야 한다. 아버지가 그러시는 이유가
있으셔.

아비라거스 맞아.

가이더리어스 이제 그러면, 그를 옮기자.

아비라거스 그래, 시작해요.

노래.

가이더리어스 더 이상 뜨거운 태양도 두려워 말고
모진 겨울의 분노도 두려워 말지니

260 그대 이승에서의 노고 다 마치고,
상급 받고 본향으로 돌아가는구나.
황금 소년, 소녀 모두다 굴뚝 청소부처럼
반드시 먼지로 돌아가야 하느니라.

아비라거스 더 이상 찌푸린 왕의 얼굴도 두려워 마라

265 그대 폭군의 폭압에서 벗어났으니
더 이상 입을 것 먹을 것 근심 마라.
그대에게 갈대는 참나무와 같으니.
왕들이나, 학자들이나, 의사들도 모두

이 이치를 따라 필히 모두 먼지가 되도다.

가이더리어스 이제 더 이상 두려워 마라,   270

번쩍이는 하늘의 번갯불도.

아비라거스 무섭게 내리치는 천둥번개도.

가이더리어스 두려워 마라, 중상모략도, 성급한 비난도.

아비라거스 기쁨과 슬픔도 모두 끝났도다.

두 형제 함께 모든 젊은 연인들, 모든 연인들

그대처럼 모두 흙으로 돌아가노라.   275

가이더리어스 마술사도 그대를 해치지 못하리라!

아비라거스 어떠한 마법도 그대를 미혹치 못하리라!

가이더리어스 떠도는 유령은 그대를 삼가라!

아비라거스 악한 것은 그대에게 접근치 말라!

두 형제 함께 평온한 마지막 안식을 취할지라!   280

그대의 무덤에 명예 있을지라!

클로튼의 주검을 안고 벨라리어스 등장.

가이더리어스 장례식을 끝마쳤습니다. 자, 그자도

내려놓으세요.

벨라리어스 여기 꽃이 좀 있다. 그러나 밤중에 더 많이

꺾어 와야겠다. 무덤 위에 헌화할 꽃은 한밤의

찬 이슬을 품은 꽃이 가장 좋거든. 이제는 시들어   285

버렸으나 저희도 한때는 생기 넘치는 꽃이었듯,

우리가 뿌리는 이 꽃들도 마찬가지로 곧 시들겠지.

자, 이제 저기로 가서 무릎 꿇고 기도하자.

최초에 그들에게 생명을 준 대지가 다시 그들을

거둬가는구나. 그들의 기쁨이 끝났듯, 그들의

290   고통도 끝났구나.

                 [벨라리어스, 가이더리어스, 아비라거스 퇴장.]

이모진 [깨어난다.] 예, 나리 밀포드 항구요. 어느 길로

가지요? 고맙습니다. 저 덤불 옆이라고요?

얼마나 멀지요? 아이쿠 맙소사! 앞으로 6마일이나

더 가야 한다고요? 밤새 걸어왔는데, 아 정말 좀

누워서 잠을 자야겠어요. 근데, 잠깐! 안 돼, 같이

295   누울 수 없어! 오 하나님!

                   [클로튼의 시체를 본다.]

이 꽃들은 이 세상의 즐거움과도 비슷하고, 이 피

흘리는 남성은 이 세상 위의 근심 걱정과 같구나.

꿈을 꾸는 거라면 좋겠다. 내가 동굴지기이며

착한 사람들을 위해 요리해준 요리사였다고

300   생각했는데, 그런데 그것이 아니었나 봐. 그것은

공허한 과녁을 향해 쏜 공허한 화살이었을 뿐인가?

우리의 눈도 때로는 우리의 판단력과 같이 분별력이

없이 맹목적이구나. 아, 무서워서 떨리는구나.

그러나 만일, 아직 하늘에 아주 작은 자비의

305   물방울이, 굴뚝새 눈물방울만큼이라도 남아있다면

지엄하신 하나님이시어 그것의 절반만큼이라도

제게 내려 주시옵기를 간절히 원합니다.
아직도 꿈이구나. 내가 깨어 있는데도, 내
마음속에서도 나의 외부에서도 꿈이 그대로구나.
상상이 아니라 만져진다. 머리가 없는 남자라?
포츠머스의 옷이라니? 나는 그 다리의 모양을 알고
있어. 이것은 그분의 손. 그의 다리는 머큐리의 발과   310
같았지. 헤라클래스의 근육과, 군신 마르스의 허벅지.
그런데 주피터의 얼굴과 같은 그의 얼굴이
하늘에서 살해되다니! 아니 어떻게? 사라졌구나.
피사니오, 분노한 허큐바가 그리스군에게 퍼부었던
모든 것에다 나의 저주까지 합쳐져서 네놈에게   315
쏟아져라. 막돼먹은 이 마귀 놈, 클로튼과 작당하여
내 남편의 목을 잘랐구나. 지금부터 읽고 쓰는 모든
것이 거짓말일지라. 저주스런 피사니오, 네가 그의
편지를 위조해서 세상에서 가장 용감한 배의 돛대를
꺾어 버렸구나! 오 포츠머스, 아아, 어디 있나요.   320
당신의 머리는? 어디에 그것이 있어요? 아, 어디
있냐고요?
피사니오 그놈이 당신의 심장을 찌르고 머리는
이곳에 놔둘 수도 있었을 텐데. 피사니오 이놈,
어찌 이럴 수가 있느냐? 그놈과 클로튼이, 그들에게
있는 시기와 탐욕이 여기에 비통함을 남겼구나.   325
오, 분명하다, 틀림없다고! 그가 나에게 주었던 약은

귀한 약이고, 나를 회복시켜 줄 강장제라고
말했지만, 먹어 보니 감각이 죽은 듯 마비되었지
않은가? 그것이 분명한 증거지. 이건 피사니오와
클로튼 두 놈의 짓거리야. 오! 그대의 붉은 피로
330 나의 창백한 뺨에 색칠을 해주세요. 그러면 우리가
더욱 무섭게 보이겠지, 우리를 우연히 발견하는
사람에게 말이죠. 오, 나의 임이시여, 나의 낭군이여!

[시체 위로 쓰러진다.]

루시어스, 장교들, 그리고 예언자 등장.

장교 그들에 더하여 갈리아 주둔 군단이 장군님의
명령에 따라 바다를 건너 밀포드 항구에서
335 장군님의 함대와 합류하여 명을 기다리고 있소.
모든 준비를 마쳤습니다.

루시어스 그런데 로마에서는 무슨?

장교 원로원이 부추겨서 전국의 주민들과 이탈리아의
상류층 인사들이 자발적으로 무공을 세우겠다고
합니다. 그래서 시에나 공의 아우 용감한 이아키모의
340 지휘하에 이곳으로 진군해오고 있소.

루시어스 그들이 언제 도착할 것 같소?

장교 다음 번 순풍이 불면 떠날 것입니다.

루시어스 이렇게 준비가 신속히 진행되니 무운이 밝소이다.
현재의 병력을 집결시켜라. 지휘관들에게 명을

전달하라. 자 선생, 최근 당신의 꿈으로 미루어 ₃₄₄ 볼 때 이 전쟁의 결과는 어떨 것 같소?

예언자 지난밤 신께서 이 사람에게 어떤 환상을
보여주셨습니다. 소인은 계시를 받기 위해 단식기도를
했습니다만, 그 내용은 이렇습니다. 주피터의 새인
독수리를 보았는데, 그것이 습한 남쪽에서 이곳
서쪽 방향으로 날아오더니 햇빛 속으로 사라졌습니다. ₃₅₀
그것이 말하는 바는, 죄로 인해 소인의 신과의
소통능력이 사라지지 않았다면, 로마군이 승리한다는
징조이지요.

루시어스 그런 꿈만 자주 꾸고 헛된 꿈은 꾸지도 마시오.
[루시어스가 클로튼의 시체를 본다.] 잠깐, 아니
웬 시체냐? 머리도 없이? 남은 폐허가 한때는 ₃₅₅
훌륭한 건축물이었다고 증언하는구나.
어라? 이건 시종? 죽었나, 아니면 송장 위에서 잠이
들었나? 그러나 죽었겠지. 산 사람이라면 시체와
함께 자거나 시체를 침대 삼아 그 위에서 자는 일은
당연히 혐오할 일이지. 이 소년의 얼굴 좀 보자.

장교 살아있습니다.

루시어스 그러면 그가 이 시체에 대해 말하겠구나. 이봐라 ₃₆₀
젊은이, 그대의 운명에 대해 이야기해 보거라.
이러한 상황이 연유를 물어보기를 간청하고 있는
것처럼 보이는구나. 네가 벤 피 묻은 베개인

이 사람은 누구지? 아니면 그는 누구였더냐? 고귀한
365   자연이 빚은 모습을 훼손한 자는 어떤 자이냐?
너는 이 슬픈 시신과 어떤 관계이냐? 어떻게 이런
일이 벌어졌는가? 이건 누구냐? 너는 누구이고?

이모진 저는 아무것도 아닙니다.
아무것도 아니면 더 좋을 겁니다. 이 사람은 저의
주인이었습니다. 아주 용감한 브리튼 사람이고,
좋은 사람이었습니다만, 여기의 산 사람들에게
370   살해당해 누워있는 겁니다. 아아! 이런 주인은
다시없을 것입니다. 제가 설령 동쪽에서 서쪽으로
모실 주인을 찾아다닌다고 할지라도, 수많은, 좋은
분들을 진심으로 섬긴다고 할지라도 이와 같이
좋은 또 다른 분을 결코 만나지 못할 것입니다.

루시어스 불쌍하구나, 착한 청년아!
375   그대의 탄식이 피 흘리는 그대 주인 못지않게
내 마음을 흔드는구나. 이름을 말하게. 착한 친구.

이모진 리챠드 듀 샴프입니다. [방백] 거짓말을 하지만
이로 인해 남에게 해를 끼치지 않으니 비록
하나님이 들으시더라도 용서해주시겠지.

루시어스 그대의 이름은?

이모진 피델레라고 합니다.

380 **루시어스** 그대의 성격을 나타내는 이름이구나.
너의 이름은 그대의 충실함에 잘 맞는 것 같다.

그대의 충실이 그대의 이름이군.

나와 함께 지내볼 테냐? 새 주인이 그렇게 좋은

주인이 될 거라고 말하지는 않겠다만, 분명한 것은

사랑이 덜하지는 않을 것이다. 집정관을 통해 보낸

로마 황제의 편지가, 그대 자신의 가치가 그대를   385

추천하는 것보다 앞서지는 않을 것이다. 나와 함께

가자.

이모진 따르겠습니다. 나리. 그러나 먼저 신들이

허락하신다면 저의 손가락으로 땅을 파서 제 주인의

시체를 파묻어 파리 떼로부터 보호하고 싶습니다.

그런 다음 야생 나뭇잎과 갈대를 무덤 위에 뿌리고서

할 수 있는 만큼, 기도를 백 번씩 두 번 올리고, 실컷   391

울고 나서 한숨짓고서 이분을 떠나서 나리를

따르겠습니다. 그러도록 허락하고 받아 주신다면은요.

루시어스 좋다, 젊은이.

내 주인이기보다는 차라리 너의 아버지가 되어 주마.   395

친구들이여, 이 청년이 우리에게 인간의 의무에

대해 가르쳐주었소. 가장 예쁜 들국화가 핀 곳을

찾아서 그를 위해 우리의 미늘창과 도끼 창으로

무덤을 만들어 줍시다. 자, 들어 올려라. 소년아,   400

그는 너로 인해 우리로 하여금 군인의 예로써

장례 될 것이다. 기운 내고 눈물을 닦아라. 불행이

더 큰 행복이 될 수도 있는 법이란다.   [퇴장.]

3장

심벨린 왕궁의 한 방.

심벨린, 귀족들, 피사니오, 그리고 시종들 등장.

심벨린 다시 가서 왕비의 상태를 알아보고 오너라.

[시종 한 명 퇴장.]

아들의 실종으로 인해 생긴 열병이라, 그로 인한
광기로 왕비의 목숨이 위독하다니. 하늘이시여,
어찌 저에게 한 번에 큰 고통을 내리시나이까?

5 나의 큰 위안이었던 이모진이 사라지고, 왕비는
두려운 전쟁이 나를 겨누고 있는 이때에 침상에
절망적으로 누워있다니. 그녀의 아들도 사라졌다.
지금 당장 필요한 인물이. 타격이 커서 위로받을
희망이 없구나. 그런데 이 녀석 피사니오, 너는

10 분명 공주가 어디로 떠났는지 알 터인데, 모른 체
하고 있구나! 내 너를 모질게 고문을 해서라도
반드시 자백도록 할 것이다.

피사니오 폐하, 제 목숨은 폐하의 것이옵니다.

기꺼이 내놓겠사오니 뜻대로 하시옵소서. 그러나
공주님이 어디에 계신지, 왜 떠나셨는지, 또한 언제

돌아오실는지 저는 전혀 알지 못하옵니다. 폐하,

저를 충성스런 신하로 믿어 주시옵소서.   16

귀족 1 폐하!

공주님이 사라지신 날 저자는 여기에 있었습니다.

감히 말씀드리는 바는 그가 거짓을 고하는 것

같지는 않다고 사료됩니다. 신하로서의 모든 의무를

충실하게 수행하고 있다고 봅니다. 클로튼 왕자님

문제는 저희들이 열심히 수소문 중이오니 반드시   20

찾게 될 것입니다.

심벨린 참 어려운 시기로구나.

[피사니오에게] 잠시 동안 너를 놔두겠지만 의심이

완전히 가신 것은 아니다.

귀족 1 폐하, 말씀 올리기 황송하오나, 갈리아에서 징집된

로마 군단이 원로원에서 파견한 로마의 상류 집안   25

보충병들과 함께 우리의 해안에 상륙했다고 합니다.

심벨린 지금이야말로 내 아들과 왕비의 조언이 필요한

때인데, 이 모든 일들 때문에 당황스럽구나.

귀족 1 폐하,

폐하께서 준비시킨 병력으로 능히 적군을 대적할 수

있습니다. 혹시 더 많은 적군이 몰려온다 해도

우리에게도 군사가 더 준비되어 있습니다.   30

단지 필요한 것은 전투를 원하는 우리 군대에게

진격 명령을 내려주시는 것입니다.

심벨린 고맙구려. 들어가서 상황에 대처합시다.

이탈리아가 끼칠 해가 두려운 것이 아니라 여기의

35 상황이 걱정일 뿐. 자, 갑시다.

[심벨린, 귀족들과 시종들 퇴장.]

피사니오 공주님이 살해되셨다고 편지를 썼는데

주인마님으로부터는 아무런 편지도 없구나.

이상하구나. 자주 연락하시겠다고 약속하시더니

공주님께서도 아무 소식 없으시고. 클로튼에게도

40 무슨 일이 생겼는지 알 수 없으니 모든 것이 어찌

되고 있는지 모르겠구나. 그냥 하늘에 맡겨야겠다.

내가 거짓말을 하나 그 점에서 나는 정직하다.

불충한 것은 충성을 위한 것이고. 이 전쟁은 내가

조국을 사랑한다는 것을 발견할 것인데, 이 사실이

심지어 전하의 눈에조차 띄든지 아니면 전사하든지

45 둘 중 하나다. 그 밖의 모든 의혹은 시간이 흐르면

다 해결되겠지. 운명은 때때로 사공도 없는 배들을

항구에 닿게 해주니까. [퇴장.]

4장

웨일즈. 벨라리어스의 동굴 앞.

벨라리어스, 가이더리어스, 그리고 아비라거스 등장.

가이더리어스 주위가 온통 시끄럽군요.

벨라리어스 여기서 피하자.

아비라거스 인생에서 활동과 모험을 삼가면 무슨 재미가
있어요?

가이더리어스 맞아요. 우리가 숨어만 있으면 무슨
희망이죠? 이러다간 로마인들이 우리를 발견하고
브리튼 인이라 생각하고 살해하던가, 아니면   5
야만적이고 사악한 반역자들로 알고 한동안 이용해
먹고 나서 후에 우리를 죽이겠지요.

벨라리어스 얘들아, 더 높이 산으로 도망가자. 거기가
안전해. 바로 얼마 전에 클로튼이 죽었기 때문에
국왕의 군대에 가담할 수 없단다. 우리를 아는
사람도 없고, 우리가 군에 소집된 것도 아니잖아?
우리에게 설명을 요구할지도 몰라. 즉 어디서   11
살았는지, 그리고 그런 식으로 우리가 해온 일들을
캐낼 거야. 그 보답으로 고문당해 죽게 될지도
모르거든.

가이더리어스 아버지, 그건 말이지요, 이런 때에 의혹은
아버지에게 전혀 어울리지 않아요. 저희도
불만이에요.

아비라거스 그럴 것 같지는 않아요. 로마 군사들의
말 울음소리가 들리고, 그들의 진지 막사에서
모닥불이 불타는 모습이 보이는 이때에, 그들의
눈과 귀 모두가 중대한 일에 몰두하고 있으니
우리가 어디에서 왔는지를 알기 위해 애쓰는 것은
시간 낭비라고 생각할 겁니다.

벨라리어스 오, 군대에는 나를 아는 자들이 아주 많단다.
여러 해가 지났고 비록 그때 클로튼은 어렸지만,
너희도 알다시피 내 기억에서 그가 지워지지
않았다. 그리고 게다가 왕은 나의 충성이나 너희의
사랑을 받을 자격이 없다. 내가 추방당했으니
가혹한 삶의 확실성이라 할 수 있는 교육 받을
기회를 빼앗겼고, 너희들의 출생 환경이 약속한
세련된 예우를 받을 희망도 사라졌다. 그러나
여름에는 뜨거운 햇볕에 시달리고, 겨울에는
강추위에 움츠리는 노예처럼 살았다.

가이더리어스 그렇게 사느니, 죽는 것이 더 낫겠어요. 제발
아버지, 우리 군대에 들어갑시다. 저와 동생은
알려지지 않았고, 아버지는 그들이 다 잊어버렸고요,
그리고 또 수염도 덥수룩하게 자랐으니 누가 물어

15

20

25

30

볼 사람도 없잖아요?

아비라거스 빛나는 태양을 걸고 말씀드리지만 저는   35
가겠어요. 대체 제가, 사람이 죽는 것을 단 한 번도
보지 못했고, 피 흘리는 것은 겨우 겁쟁이 토끼나
발정 난 염소, 그리고 사슴이 전부라는 것이 말이
되나요? 군마를 타 본 적도 없어요. 신발 뒤에
박차도 없었고, 말발굽에 편자도 박지 않은 말이
전부였지요. 성스런 태양을 쳐다보기가 부끄럽고,   40
복된 햇빛의 은덕을 누리면서 그렇게 오랫동안
비천한 무명인으로 살아남아야 하는 것도
창피합니다.

가이더리어스 맹세컨대, 저는 갈 겁니다. 만일 아버지께서
저를 축복해 주시고 허락하여 주시면 더욱더
조심하겠으나, 만일 허락지 않으시면 그 때문에   45
로마인의 손에 의해 저에게 위험이 닥쳐도 좋습니다.

아비라거스 아멘, 저도 그렇습니다.

벨라리어스 너희가 목숨을 그렇게 작은 일에 거는데, 내가
어찌 나의 금이 간 목숨을 아끼겠느냐. 얘들아!
만일 너희들이 조국의 전쟁터에서 전사한다면, 바로   50
그곳이 또한 내가 누울 침대이니 거기에 누울
것이다. 앞서가라, 앞장서. 시간이 오래 걸리니.
그들의 피가 스스로 끓어 떠들다가, 비로소 뛰쳐나와
왕자다운 천품이 드러나겠구나.   [퇴장.]

5막

1장

브리튼. 로마군 진영.

포츠머스 홀로 등장.

포츠머스 그래, 피 묻은 천 조각, 내 너를 간직하겠다.
　　　　　네가 이렇게 물들기를 내가 원했으니까. 기혼자들아
　　　　　만일 그대들 각자가 이런 방식을 선택한다면, 작은
　　　　　일로 아내들이 타락했다 하여 얼마나 많이 남편보다
5　　　뛰어난 아내들을 죽여야 하는가? 오 피사니오,
　　　　　현명한 하인은 주인의 모든 명령을 따르지 않고,
　　　　　올바른 명만 따르는 법이다. 하나님, 일찍이 저의
　　　　　죄에 대한 벌을 내려 주셨다면 결코 이와 같은 짓을
　　　　　저지르지 않았을 텐데요. 그러면 고결한 이모진을
10　　구하시어 회개할 기회를 주시고, 벌 받기에 마땅한
　　　　　이 비열한 놈에게는 죽음을 내리셔야 합당했습니다.
　　　　　아아, 그러나 하나님께서는 작은 잘못을 이유로 데려
　　　　　가시기도 하니 그것은 더 이상 잘못을 저지르지
　　　　　말라는 사랑의 표시이지요. 그러는가 하면 어떤 자는
　　　　　계속해서 악한 일을 저지르도록 내버려 두셨다가
15　　뉘우치고서 자기 스스로 죄를 미워하게 하십니다.

그러나 이모진은 당신의 것이오니 당신의 뜻대로
하시고, 순종하는 저를 축복하여 주시옵소서. 제가
이리로 달려온 것은 이탈리아 신사들 속에 끼어서
내 아내의 나라에 맞서 싸우기 위해서입니다. 그러나
브리튼이여, 나는 공주를 죽인 것만으로도 충분하니   20
염려 말아라. 이제 평화다. 그러니 하늘이시어
제 말을 참고 들어 주소서. 저는 이탈리아의 관복을
벗고 브리튼 농부 차림의 옷을 입겠습니다.
그러고서 함께 온 같은 편이었던 이탈리아군에
맞서 싸울 것입니다. 이모진, 그대를 위해서 나는   25
죽겠소. 당신으로 인해 내 목숨은 숨 쉬는 순간순간
마다 죽음이오. 이렇게 신분을 숨긴 체, 동정도
증오도 없이 위험에 맞서 이 몸을 바치겠소.
나의 초라한 행색과는 달리 용감했다는 것을 세상이
알게 할 것이오. 하나님, 저에게 레오나터스 가문의   30
힘을 불어넣어 주시옵소서! 세상의 선입견을 비웃기
위해서 나는 외양보다는 내면이 더 중요하다는
인식을 유행시킬 것입니다.   [퇴장.]

2장

브리튼군과 로마군 진영 사이의 전장.

루시어스, 이아키모, 그리고 로마군대가 한쪽 문에서, 다른
쪽 문에서는 브리튼군이 등장. 레오나터스 포츠머스가 거지
병사 차림으로 뒤따라 들어온다. 그들은 무대를 횡단하며
행군하다가 퇴장한다. 그런 다음 다시 들어와서 이아키모와
포츠머스가 작은 전투를 벌이다가 포츠머스가 이아키모를
제압한 후 무기를 빼앗고, 그를 그대로 두고 퇴장한다.

이아키모 내 마음을 짓누르는 우울함과 죄책감이 사내의

용기를 잃게 하는구나. 이 나라의 공주를 속였더니

이 나라의 공기조차도 복수를 하듯 나의 기운을

빼앗는 것 같구나. 그것이 아니라면 태생이 노예에

5   불과한 농노 녀석이 직업 군인인 나를 어찌

이길 수 있단 말인가? 내가 가진 기사 작위, 명예는

이제 경멸의 호칭이 되었구나. 브리튼이여, 만일

그대의 신사 계급이 이 시골뜨기가, 우리의 귀족들을

능가하는 것처럼 너희 나라 귀족이 이 촌놈을 능가

한다면 우리는 남자라 할 수 없고 너희 브리튼 인은

10   신이라고 말할 수 있을 것이다.   [퇴장.]

전투는 계속되고 브리튼군은 달아나고, 심벨린은 생포된다.

그런 다음 그를 구출하러 벨라리어스, 가이더리어스,
아비라거스가 들어온다.

벨라리어스   서라, 서. 우리가 유리한 지점을 차지하였다.
우리가 길목을 장악했어. 그러니 두려움이란 악행을
저지르지만 않으면 우리가 패배할 리 없다.

가이더리어스, 아비라거스   버텨라, 물러서지 말고 싸워라!

포츠머스가 다시 등장하고 브리튼군을 지원한다. 그들은
심벨린을 구출하고 퇴장한다. 그런 다음 루시어스, 이아키모,
그리고 이모진이 다시 등장한다.

루시어스   소년아, 부대로부터 떠나서 너의 목숨을 구해라.
우군이 우군을 죽이고 있다. 혼란이 극심하여 마치   15
전쟁을 눈을 가리고 하는 것 같구나.

이아키모   적군에게 새로이 원군이 왔소이다.

루시어스   이상하게 상황이 꼬이는 날이군. 때맞춰
증원 부대가 오지 않으면 후퇴해야겠다.   [퇴장.]

3장

전장의 또 다른 지역.

포츠머스와 브리튼의 한 귀족 등장.

귀족 그들이 서로 대치하며 싸우던 곳에서 왔소?

포츠머스 그렇습니다. 하지만 귀하는 도주하던 쪽에서
오신 것 같군요?

귀족 그렇소.

포츠머스 비난받을 일은 아닌 것 같습니다만. 부대가
완전히 전멸했을 겁니다. 그러나 하늘이 싸워주셔서
산 것이지요. 왕께서도 좌우 양군을 잃으셨고,
군대도 괴멸되니, 보이는 것은 브리튼 군 병사들의
등뿐이었소이다. 좁은 길목으로 죽자 살자
도주했으니까요. 적군은 사기충천하여 혀를 축
늘어뜨리고 학살을 해대니 창칼로도 이루 다
도륙할 수 없을 정도로 일감이 넘쳐났지요. 어떤
자는 치명상을 입었고, 또 다른 자는 가벼운
부상만을 당했으며, 일부는 그저 겁에 질려 쓰러지는
등 그 좁은 길목이 아수라장이었는데 도망치다 등을
찔려 죽은 자들과, 살아서 도망친 겁쟁이들은 죽을

때까지 치욕의 삶을 이어가야 할 것이오.

귀족   그 길목이 어디에 있소?

포츠머스   전장 바로 옆에 있소. 해자를 파고 성을 쌓은   15
곳인데 어떤 노병에게 유리했답니다. 내 보증컨대
정직한 사람이었죠. 나라를 위해 세운 전공이 커서
그의 수염이 하얗게 센 세월만큼이나 더 살기를
기원할 정도로 자격이 있는 분이외다. 그가 두 청년과
그 좁은 길목을 막고 서서는, ─이 두 청년은
살육보다는 술래잡기 놀이나 할 아이들이었고, 피부를   20
보호하기 위해 너울로 얼굴을 가리는 처녀들보다 더
고운 미소년들이었소만─ 도망병들을 향해 "우리
브리튼의 사슴은 도망치다 죽지만, 브리튼의
사나이는 도망치지 않는다."라고 외쳤지요. "뒤로
달아나는 자는 어둠을 향해서 돌진하는 것이다.   25
멈춰라. 안 그러면 우리가 로마군이 되어서, 사나운
야수같이 짐승들처럼 비겁하게 피하는 너희를 죽여
버리겠다. 그러나 찡그린 얼굴로 돌아만 보아도
살 수 있다. 멈춰라, 멈춰!" 이렇게 외치더군요.
세 명의 용사는 삼천 명의 자신감으로 그만큼의 몫을   30
해냈소. 그들이 부대 전체였기 때문이었지요.
나머지는 아무 일도 안 하고 있는데 말이오.
"물러서지 마라, 싸워라!"라고 외치면서 지형의
이점을 이용하며 그들 자신의 고결함으로 다른

사람들에게 주문을 걸듯, 물렛가락을 창칼로
변화시키어 가냘픈 손에도 무기를 들게 하고,
겁쟁이들의 하얀 얼굴을 붉게 만들어 버릴 정도
이었지요. 그들 중에는 몇몇이 수치심에 용기를
되찾고, 다른 자들이 겁먹는 것을 보고는 — 오,
전쟁에서 처음으로 겁을 먹는 것은 죄로다. — 함께
겁을 먹은 몇몇이 용기를 내서 되돌아서서 세
사람과 함께, 사냥꾼의 창에 대드는 사자처럼 치아를
드러내고 반격을 했던 것이오. 그러자 추적하던
적들이 멈칫하다가 물러서더니 이내 패주하자, 큰
혼란이 벌어졌고, 즉시 독수리처럼 내달려오던 그
길을 병아리 새끼처럼 달아났지요. 승자로 으스대며
왔다가 노예처럼 도망간 것입니다. 그리고 이제
우리 편 비겁자들도 힘든 항해 중에 남은 음식
부스러기같이 중요해져서, 방비 없는 가슴의 뒷문을
열어두고 등을 보이며 달아나는 적들을, 세상에,
얼마나 많이 찔러대던지! 이미 죽은 자들, 죽어 가고
있는 자, 이전에 공격당할 때는 한 명에 의해서 쫓기던
열 명이, 이제는 그 열 명의 각각 한 명이 스무 명을
도살하더라고요. 저항하느니 그냥 죽겠다고 하던
자들이 이제는 전쟁터의 치명적인 공포가 된 것이오.

귀족 참 이상한 일이군요.
좁은 길목에 노인 한 명과 소년 둘이라니.

포츠머스 아니오, 놀랄 것 없습니다. 귀하는 행동을 하기
보다는 이야기로만 듣고 놀라는 분이지요. 시나
한 수 지어서 농담 삼아 읊으실래요? 이렇게   55
말이지요. 두 소년과 두 번째 소년기를 맞은 노인
한 명이, 어떤 좁은 길, 브리튼을 지켰다네, 로마의
멸망이었네.

귀족 아니오, 화내지 마시오.

포츠머스 아, 내가 왜 화를 내야 하오?
감히 적에게 맞설 수 없는 자라면 나는 그의 친구가   60
될 수 있소. 왜냐하면 자신이 원래 그렇게 태어나서
그렇게 할 수밖에 없는 사람은 나와의 우정은
내버려 두고 달아날 것을 알기 때문이오. 귀하는 또
나에게 노래 한 곡을 만들게 해주는군요.

귀족 화가 나시는가 보군요. 그럼 안녕히.   [퇴장.]

포츠머스 또 도망이냐? 저런 자가 귀족이라고? 오 비참한   65
귀족이여. 전장에서는 "뭔 소식 있소?"라고
묻더니만. 오늘도 얼마나 많은 사람들이 자신의
송장을 살리려고 명예를 버릴까? 그래서 도망치다가
살해당하는 거지. 나는 나 자신이 고통에 빠져서
그의 신음소리를 들었어도 죽음을 알 수 없었고
찌를 때도 느끼지 못했었지. 죽음의 신이란 놈은
흉악한 괴물이지만, 신선한 술잔 속에, 푹신한 침대   70
속에, 듣기 좋은 언어 속에 숨어 있거나 전장에서

검을 뽑아 휘두르는 우리보다 대리인들을 많이 갖고
있다는 것은 이상한 일이다. 그래, 내가 죽음이란
놈을 찾아낼 것이다. 지금은 죽음이 브리튼 인들에게
더 호의적이니 나는 더 이상 브리튼 사람이 아니다.
여기 올 때 그랬던 것처럼 로마 편이다. 나는 더
이상 싸우지 않을 것이다. 그러나 내 어깨를 한 번
이라도 건드리는 자가 있다면 그게 별 볼 일 없는
얼간이라도 항복하겠다. 엄청난 학살을 로마 인이
여기에서 자행했으니 브리튼 인도 반드시 그에
걸맞은 복수를 해야만 한다. 나로서는, 내 몸값은
죽음이다. 이 세상에서 목숨을 지키고 싶지도 않고,
다시금 지탱해 가고 싶지도 않으니 어느 쪽
편에서든 나의 목숨을 버리면 되는 것이나, 어떻게
해서든지 이모진을 위해서 빨리 끝내고 싶구나.

두 명의 브리튼 인 장교들과 병사들 등장.

장교 1 위대한 신 주피터께 찬미를! 루시어스가 생포됐다.
그 노인과 두 아들이 천사였다고들 생각하고 있소.
장교 2 전형적인 시골 사람 복장을 한 네 번째 사내도
있었다던데, 그들과 같은 편이 되어 과감하게
싸웠답디다.
장교 1 그런 소문이 있었지요. 그러나 모두 행방불명이라고
하오. 서라! 거기 누구냐?

포츠머스 로마 인.

지원군이 나처럼만 해줬더라면 여기서 이렇게
축 쳐져 있지는 않았을 거요.

장교 2 저자를 체포하라. 로마의 개새끼 다리뼈

하나라도 돌아가서, 여기에서 어떤 까마귀가

살을 쪼아 먹었는지 본국에 보고조차 할 수

없도록 말이다. 마치 공이라도 세운 것처럼 허풍을

떠는군. 이자를 폐하께 끌고 가라.

심벌린, 벨라리어스, 가이더리어스, 아비라거스, 피사니오,
그리고 로마 포로들 등장. 장교들은 포츠머스를 심벌린에게
데려간다. 왕은 그를 간수에게 넘긴다. [퇴장.]

4장

**브리튼. 브리튼군 진영 근처의
한 개방된 장소.**

포츠머스와 두 명의 간수 등장.

간수 1 이렇게 쇠고랑을 채웠으니 도주하지 못할 것이다.

풀밭을 찾으면 뜯어 먹어라.

포츠머스 속박아 대환영이다. 왜냐하면 너는 자유에

이르는 한 가지 방법이기 때문이지. 그런데 나는

5   통풍 앓는 사람보다 더 낫다. 그는 확실한 의사인

죽음에게 치료받기보다는 차라리 영원히 고통을

끙끙거리며 참고 견디는 것이 낫다고 생각하기

때문이다. 그러나 죽음은 족쇄를 푸는 열쇠이다.

나의 양심아 너는 내 손목과 발목보다도 더 단단히

잠겨있구나. 선하신 신들이시어 이 빗장을 풀어줄

10   회개의 열쇠를 주소서. 그러면 영원히 자유로울

것입니다. 죄송하다고 말하는 것으로는 충분하지

않을까? 그런 식으로 자녀들은 지상의 부모들의

화를 풀지만 신들은 더 큰 자비로 충만하시다.

내가 반드시 회개해야 한다면 강제적으로 하는

것보다 스스로 족쇄를 차는 속죄가 낫지요. 만일 15
저의 자유를 위해서 공물을 바쳐야 한다면 저의
모든 것인 목숨을 받아주십시오. 하나님은 사악한
인간들이나 파산한 인간들보다 더 자비로우십니다.
삼 분의 일이나, 육 분의 일, 십 분의 일로 부채를
탕감하여 주시고 다시 번성하라고 하지만 그건 제가 20
원하는 바가 아닙니다. 이모진의 소중한 목숨값으로
제 생명을 취하세요. 그리 소중한 것은 아니지만
그래도 하나님께서 주신 것입니다.
인간과 인간 사이에서는 모든 돈의 무게를 재지
않습니다. 비록 무게가 덜 나가도 거기에 찍힌 왕의 25
모습을 보고 받아주는 겁니다. 저도 당신의 형상대로
만든 당신의 것이오니 그러니 위대하신 신들이시어
만일 이 결산을 받으실 것이면 저의 이 목숨을 받아
주십시오. 그래서 이러한 냉정한 속박을 소멸시켜
주시옵소서. 오 이모진, 내 그대에게 침묵으로
말하리라.

　　장엄한 음악. 유령인 듯, 늙은 시실리어스 레오나터스
　(포츠머스의 죽은 아버지)가 전사의 복장으로 음악과 함께
　　그의 아내이자 포츠머스의 모친인 한 늙은 부인의 손을
　　이끌면서 등장한다. 그런 다음 두 명의 젊은, 포츠머스의
　　형제들인 레오나티가 전쟁 중에 상처 입고 죽은 모습으로
　　뒤따른다. 그들은 포츠머스가 누워 잠들어 있으므로 그를
　　　에워싼다. 그들은 누워 잠자고 있는 포츠머스를

에워싼다.

30 **시실리어스 유령** 그대 천둥의 주인[18]이시여 더 이상
하루살이 목숨 같은 인간에게 진노를
거두시고 차라리 마르스[19]와 다투시든지, 당신의
외도를 비난하고 복수하는 주노[20] 여신을
책망하소서. 내가 얼굴 한 번 보지 못한
35 가련한 아들이 무슨 잘못을 했다는 건가요?
그 아이가 자연의 법칙에 따라 어미
태중에 머물고 있을 때
저는 죽었습니다. 인간들이 고아들의
40 아버지라 부르는 주피터시여,
그렇다면 당신께서는 이 지상의 고통으로부터
그 아이를 보호하시고 지키셔야 했을 겁니다.
어머니 유령 여신 루시나[21]께서는 제 출산을 돕지는 않고
오히려 내가 산고를 치르고 있을 때 저를
45 데려가셔서, 포츠머스는 그의 적들 가운데서 울면서
태어났으니 참으로 가련합니다!
시실리어스 유령 그의 조상들처럼 위대한 천품이 그의

---

18. 주피터.
19. 군신.
20. 주피터의 부인으로 남편 주피터가 인간 여성들과 외도하는 것에 분노하고 보복한
다.
21. 출산의 여신.

정신을 아름답게 잘 빚었으니 위대한 시실리어스의
후계자라고 세상의 칭송받을 만합니다.   50

첫째 형 유령 그가 성인으로 성장했을 때, 그가 있던
브리튼에 그와 어깨를 견줄 사람이나 또는 이모진의
눈으로 그의 가치를 판단할 때, 최고로 비칠   55
전도양양한 젊은이가 포츠머스 외에 어디
있겠습니까?

어머니 유령 결혼을 하자 어째서 그가 조롱받고 추방당하고,
레오나티의 자리에서 내쳐지고 그가 가장   60
사랑하는 어여쁜 이모진에게도 버림받았습니까?

시실리어스 유령 왜 당신께서는 이탈리아의 하찮은 존재
이아키모를 벌하지 않으시어 그자로 인해
포츠머스의 고결한 마음과 머리가 불필요한   65
질투심으로 더럽혀져서, 얼간이가 되고 경멸 거리가
되게 하셨나요? 타인의 악행으로 인해 말입니다!

둘째 형 유령 이 때문에 이승보다 더 고요한 유택에서 우리
부모님과 우리 두 형제, 조국을 위해 용감하게   70
싸우다 전사한 자들이 나왔습니다. 우리의 충성심과,
그리고 테난티어스 왕의 권리를 지키기 위해
명예롭게 싸웠던 우리입니다.

첫째 형 유령 포츠머스도 자신이 지닌 그와 같은 용맹을   75
심벨린에게 바쳤습니다. 그런데, 신들의 왕이신
주피터시여, 어찌하여 그의 공적에 마땅한 보상을

그리 오랫동안 미루시어 슬픔으로 변하게
80   하시나이까?

시실리어스 유령 당신의 수정 창문을 여시고 밖을 내려다보소서.
용감한 가문에게 당신의 가혹하고 강력한 시련을
주심으로 더 이상 고통 받게 마옵소서.

85   **어머니 유령** 주피터시여, 우리 아들은 선량하오니 그의
불행을 거두어 주옵소서.

시실리어스 유령 당신의 대리석 하늘 궁전에서 슬쩍 내다보시어
도와주소서. 그렇지 않으면 우리 불쌍한 영혼들은
훌륭한 다른 신들의 회합에 가서 울부짖음으로써
90   당신의 신격에 대해 항의할 것입니다.

두 형제 영혼 도와주세요. 주피터 님, 안 그러면, 우리는
다른 신들에게 도움을 간청하고, 당신의 정의에서
이탈하겠습니다.

주피터가 독수리를 타고서 천둥 번개 속에서 하강한다. 그는
번갯불을 던진다.

주피터 저지대[22]에 사는 하찮은 혼령들아, 짐의 귀를
거스르지 말라. 침묵하라! 어찌 감히 너희 혼령 따위가
95   천둥 번개의 신, 나 주피터를 참소하는가? 하늘의 누구의
번갯불이 반란을 일으킨 연안 지방을 내리쳐 멸했는가?

---

22. region low. 엘리시움(Elysium)을 의미함. 주피터가 사는 올림포스 산 아래의 지역
으로서 이상향, 낙원을 이른다.

가련한 낙원의 혼령들아, 가라. 가서 영원히 시들지 않는
꽃피는 강가에서 쉬어라. 이승의 인간사에 마음 쓰지 말고!
그것은 너희가 걱정할 바가 아니다. 너희가 알듯이 그것은   100
나의 일이니라. 내가 가장 사랑하는 자에게 고난을 주며
은혜를 더 지연시킴으로써 기쁨을 더하는 것임이로다.
안심하라, 쓰러진 너의 아들을 나의 신성이 높여 줄 것이다.
그에게 위로는 번성할 것이며, 시련은 영원히 끝날 것이다.
짐, 곧 주피터의 별이 그의 출생 시에 빛을 발했으며, 짐의   105
신전에서 그가 결혼을 했느니라.
그는 공주 이모진의 주인이 될 것이다. 그리고 그의 고통이
준 것으로 인해 훨씬 더 행복할 것이다. 이 서판을 그의
가슴 위에 두어라. 거기에는 그의 전체 운명에 대한 짐의
기쁨이 담겨있느니라. 그러니 이제 떠나라. 더 이상 너희가   110
시끄러운 소리로 조급함을 표출하여 짐이 화를 내지 않도록
조심해라. 날아올라라, 독수리야! 나의 수정궁으로 가자.

[올라간다.]

시실리어스 유령　그가 천둥과 함께 왔구나. 그의 천상의 숨결은
유황 냄새가 풍겼고, 성스러운 독수리는 발로 우리를   115
잡아챌 듯 덮쳤지만 그의 승천은 축복받은 우리의
들판[23]보다 더욱 향기롭구나. 그의 성스러운 새가
그 불멸의 날개를 우쭐대고, 그 부리는 더 먹기가
싫증 났을 때처럼 흔드는 것이 마치 그의 신께서

---

23. 죽은 자들이 사는 낙원 엘리시움.

기뻐하실 때처럼 그러는구나.

모두   감사합니다. 주피터시여!

120 **시실리어스 유령**   대리석 깔린 길이 닫히는구나. 그분은 빛나는
지붕아래 궁전으로 드셨도다. 가자! 축복받기 위해서
우리는 조심하여 그의 위대한 명령에 순종해야 한다.

[유령들은 사라진다.]

포츠머스   [잠에서 깸.] 잠이여, 네가 할아버지여서
아버지를 낳아주시고, 어머니와 두 형제를
125 창조하였도다. 그러나 아 쓰라린 경멸이구나.
사라져버렸다! 세상에 태어나자마자 가버렸다. 그래서
나는 깨어있도다. 불쌍하고 비참한 자들은, 위대한
호의에 기대지만 꿈을 꾸다가 깨어나니 아무것도
없음을 발견하는 나처럼 꿈을 꾸는 자이다. 그러나
130 아아, 내가 옆길로 빠졌구나, 찾으려는 꿈도 없고
자격도 없으나 은총에 깊이 빠져있구나. 나도
역시 그렇다. 이 황금 기회를 잡았지만 그 이유를
모른다. 이곳은 어떤 요정들이 출몰하는가? 책? 오
희귀한 책이로다. 우리의 허영으로 얼룩진 세상같이,
135 그것의 겉장이 내용보다 더욱 고귀한 의상이 아니길.
그대에 담긴 내용이 우리의 조신들과 아주 다르기를
따라 하라. 약속만큼 좋기를 바라노라.
[읽는다.] 한 마리의 사자 새끼가 스스로 알지도
못하고, 찾으려 하지도 않았는데, 한 가락 부드러운

대기에 안길 때, 허공으로 치솟은 삼나무에서   140
잘려나간 나뭇가지가 여러 해 동안 죽어 있다가 다시
소생한 후에 옛날 원줄기에 접목해서 새롭게
자라나면, 그때 포츠머스는 그의 비참한 생활을
끝내고 브리튼은 행운을 맞이하며, 평화와 풍요 속에서
번영을 구가하게 될 것이다.   145
아직도 꿈이다. 아니면 어떤 미친놈이 뭐라고
지껄여대는 것인지, 뭔 말을 하는지도 아무 생각이
없다. 둘 다 즉, 꿈이거나 미쳤거나, 아니면 아무것도
아니거나, 혹은 분별없는 말이거나, 아니라면 도무지
이해가 되지 않는 그런 말이거나 이다. 그러나 어느
쪽이거나 내가 살아온 행동이 그와 같았다. 이것을   150
나는 잘 간직할 것이다. 동정심 때문이지.

간수들 다시 등장.

간수 1 자, 나리 양반, 죽을 준비 됐소?
포츠머스 오히려 너무 구워진 상태이지. 오래전에 준비
끝냈소.
간수 1 교수형에 처하란 명령이오. 만일 귀하가
그럴 준비가 되어 있다면 잘 요리될 것이오.   155
포츠머스 그러면, 만일 내가 구경꾼들에게 좋은 한 끼
식사임을 증명한다면, 그 요리가 제값을
하는 셈이지요.

간수 1 그러면 귀하는 너무 비싼 값을 치르는 거요. 그러나
다행인 것은 당신에게 더 이상 요금이 청구되지 않을
것이라는 점이니, 더 이상 선술집 청구서를 두려워
할 필요가 없지. 청구서란 것은 환락을 주선해 주는
만큼이나 종종 돈과의 이별의 슬픔이 되기도 하지요.
굶주려 고기가 먹고 싶어서 들어왔다가 너무 많이
술을 퍼마셔서 비틀거리고 떠날 때는 계산이 너무
많이 나와 유감스럽고, 지갑과 머리가 둘 다 비어
있는 데다가 몸까지 파김치라 기분이 찌뿌듯하고,
머리통은 휑하니 비었으니 머리가 더욱 무겁고,
지갑은 무거운 돈이 다 빠져나가서 너무 가볍거든.
아, 이런 모순에서 너는 이제 벗어나게 되는 거다.
오, 밧줄값은 일 페니밖에 안 되니 자비지 뭔가!
순식간에 수천 페니를 해결해주니 말이야. 이것처럼
확실하게 대차대조표를 맞춰주는 것이 있을까?
과거, 현재, 그리고 청구될 미래의 빚까지 한 번에
지불해주니 그대의 모가지가 펜이요, 장부요,
주판이라 할 수 있을 터. 그러니 빚 갚은 영수증은
자동으로 나오지.

포츠머스 살아야 할 당신보다 죽을 내가 더 즐겁소.

간수 1 네, 정말 그래요. 잠자는 사람은 치통을 느끼지
못하지만, 당신의 잠을 자줄 사람과, 그가 잠자리에
드는 것을 도와줄 집행인이 있으면 내 생각에는

그 사람이 집행인과 역할을 바꾸고 싶어 할 것
같은데. 왜냐하면, 이보슈, 당신은 어디로 가야 할
바를 모르는 것 같은데?

포츠머스 아니, 정말 알고 있다고, 이 사람아.

간수 1 그렇다면, 당신의 죽음은 대갈빡에 눈이 달린   180
모양이군. 나는 그를 그런 모습으로 그린 그림은
보지 못했거든. 너는 말이야 무엇이든 아는 척하는
인간에게 길을 안내받거나, 아니면 확실히 너도
자신의 위기에 대한 최후의 판단의 위험을 모르면서,
어떻게 여행의 끝을 향하여 속도를 낼 수 있냐는   185
거야. 네가 여행의 끝에 대해 이야기하기 위해 결코
되돌아올 수 없다고 생각한다.

포츠머스 이봐요 친구, 내가 갈 길을 인도할 자가 눈이 없는
것은 아니고 다만 눈을 감고 쓰지 않을 뿐이겠지.

간수 1 거 농담이 지나치군그래. 사람이 눈먼 길을 보기 위해   190
눈을 잘 사용하여야 한다니. 내가 목을 달아매는 것이
눈을 감기는 것이거든.

전령 등장.

전령 그자의 수갑을 풀고, 죄수를 폐하께 대령시키시오.

포츠머스 좋은 소식을 가져왔구나. 나는 자유롭게 되겠지.   195

간수 1 그러면 내가 매달리겠구나.

포츠머스 그렇게 되면 간수보다 더 자유롭게 될 것이오.

죽은 자를 위한 자물쇠는 없잖소.

[간수 1만 남고 모두 퇴장.]

200 **간수 1** 사람이 교수대와 결혼해서 새끼 교수대를 낳는다면

모를까, 저자처럼 죽겠다고 기쁘게 교수대에

올라가려고 환장하는 자는 결코 보지 못했네. 그러나

내 양심에 맹세코 말하는데, 진짜 악당들은 살려고

야단이지만, 그는 뭐 진짜 로마 인이기 때문이라서

그렇겠지. 그리고 그들 중에는 자신의 의지에 반해서

죽는 자들도 일부 있거든. 나도 그래야 한다면

205 어쩔 수 없이 그래야겠지. 나는 우리 모두가 한마음

이면, 그리고 선한 마음이면 좋겠다. 오, 그렇게 되면

간수니, 교수대니 하는 것이 없어질 텐데! 내가 나의

현재의 신분에 반하는 발언을 했군. 그러나 그런

세상이 오면 또 누가 알아? 더 좋은 일자리가 생길지.

[퇴장.]

5장

심벨린의 군대 천막.

심벨린, 벨라리어스, 가이더리어스, 아비라거스, 피사니오,
귀족들, 장교들, 그리고 시종들 등장.

심벨린 내 옆에 서라. 그대들은 신들이 보낸 내 왕좌의
수호자들이다. 비통함이 나의 심정이오.
그렇게 훌륭하게 싸운 나의 가련한 병사인데, 그는
누더기를 걸치고서 황금 갑옷을 부끄럽게 했고,
가리지도 않은 맨 가슴으로 강함이 입증된 단단한   5
방패들보다 앞서 전진했지만, 찾을 수가 없구나.
그를 찾게 되는 자도 복이 있을 것이다. 짐이
은총으로 그에게 상을 내린다면 말이다.
벨라리어스 소인은 결코 본 적이 없습니다. 그런 초라한
차림의 인물이 그렇게 고귀한 분노를 떨치는 것을
말입니다. 거지 같고 행색도 불쌍해 보이더니 그렇게
귀한 행동으로 공을 세웠습니다.
심벨린 그에 대한 소식이 없느냐?   10
피사니오 전사자들과 생존자들 사이를 찾아봤으나 그의
흔적은 찾지 못했습니다.

심벨린 슬프게도 그가 받을 상급의 상속자가 나로구나.

[벨라리어스, 가이더리어스, 그리고 아비라거스에게]

브리튼의 간이요, 심장이며, 그리고 두뇌인

그대들에게 이 상을 더해 주겠소. 내가

인정하노니, 그대들로 인해 브리튼이 건재하노라.

15 이제 때가 되어 묻노니, 그대들은 어디 출신이오?

말하시오.

벨라리어스 폐하,

저희는 웨일즈 태생으로 신사 계급²⁴ 사람들입니다.

더 이상 자랑하면 저희는 진실하지도 겸손하지도

못한 일이지만 정직한 자들이라 덧붙이고 싶습니다.

심벨린 무릎을 꿇으시오. [무릎을 꿇자 기사 작위를 내린다.]

20 일어서라. 짐의 전장의 수훈 기사들이여, 내 그대들을

근위 기사로 삼을 것이며 그대들의 새 직책에

어울리는 위엄과 함께 걸맞은 권한도 내리겠노라.

코넬리어스와 시녀들 등장.

얼굴을 보니 심상치 않은 일이라고 적혀있구나.

왜 그렇게 우리의 승전 사실을 슬프게 맞이하느냐?

너희는 로마 인처럼 보이는구나, 브리튼 왕궁 사람이

아니라.

---

24. gentlemen. 젠트리(gentry) 계급으로 근대 초기 영국의 귀족과 향사 중간의 상류
   계층을 말한다.

코넬리어스 만세, 위대하신 대왕 폐하!

폐하께서 행복하신 때에 불쾌한 소식, 왕비님이

사망하셨다는 보고를 드려야만 하겠습니다.

심벨린 이런 소식에 의사보다도 더 잘 안 맞는 자는

누구인가? 그러나 내 생각하건대, 약이 생명을

연장할 수는 있으나, 죽음은 의사 또한 움켜잡을 수

없지. 왕비의 마지막은 어땠느냐?   30

코넬리어스 공포에 사로잡혀 미쳐서 돌아가셨습니다. 마치

그분의 생애, 즉 세상에 대해 잔인하셨듯이, 그분

자신에 대해서도 잔인하셨습니다. 허락하신다면

왕비님께서 고백하신 것을 보고하겠습니다. 혹시 제가

잘못 아뢰면 눈물로 뺨을 적시며 임종을 지켰던   35

그분의 시녀들이 바로잡을 것입니다.

심벨린 어서 말하여라.

코넬리어스 먼저, 왕비는 폐하를 결코 사랑한 적이 없다고

했습니다. 단지, 폐하를 통해 얻는 높은 지위에만

마음이 끌렸고 폐하의 왕좌와 결혼을 했으니 폐하의

왕권의 아내가 되었을 뿐이지 폐하 개인 자신에

대해서는 혐오했다고 합니다.

심벨린 그녀 혼자서만 알고 있었던 사실이로구나.   40

그러나 그녀가 죽으면서 한 말이 아니라면 그녀가

한 말이라고 절대 믿지 않았을 것이다. 계속 말해라.

코넬리어스 왕비마마께서는 폐하의 딸인 공주님을 가장

사랑하는 것처럼 했으나 실제로는 눈앞의 전갈 보듯
45   했고, 공주님께서 미리 피하셨기에 망정이지 독약을
먹여 목숨을 빼앗으려 했다고 고백했습니다.

심벌린 오, 너무도 교활한 악귀로다! 누가 여자의 마음을
읽을 수 있겠느냐? 더 보고할 말이 있느냐?

코넬리어스 더 있사오나 더 악한 이야기입니다. 왕비가
고백하기를 자기가 폐하를 독살하기 위해서 치명적인
50   독을 준비했는데 그걸 드시면 일 분마다 생명을
좀먹어 들어가고 일 인치 일 인치씩 몸을 쇠잔하게
한다고 합니다. 그러는 동안 그녀는 폐하를 지켜보며
밤새워 간호하고, 눈물도 흘리고, 보살피고, 입을
맞추는 등 위선적인 행동으로 폐하의 마음을
55   정복한 다음, 왕비가 폐하를 자신의 술책에 옭아매게
되는, 적절한 때에 그녀의 아들이 왕위를 계승 받도록
흉계를 꾸몄다고 합니다. 그러나 그의 이상한 실종
때문에 계획이 실패하자 절망하여 뻔뻔스럽게, 하늘과
인간을 개의치 않고, 자신의 음모의 목적을 실토하게
60   된 것입니다. 자신이 꾸민 악이 결실을 맺지 못하게
되자 절망에 빠져서 죽게 된 것입니다.

심벌린 너희 시녀들도 모두 들었느냐?

시녀들 그렇습니다. 폐하.

심벌린 내 눈이 잘못된 것은 아니었다. 그녀가 아름답기는
했으니까. 그녀의 아첨을 들은 내 귀도, 그녀의

마음이 외관과 같을 것이라고 생각했던 내 마음도
탓하긴 뭐하지. 오히려 그녀를 믿지 못했다면 그것이
잘못이었겠지. 오, 나의 딸, 너는 내가 어리석었다고
했겠구나. 그리고 경험해 보니 사실이었다고 말하겠지.
하늘이시여 모든 것을 바로잡아 주소서!

66

    루시어스. 이아키모, 예언자, 그리고 다른 로마 죄수들이
    경호를 받으며 등장. 그 뒤로 포츠머스와 이모진이 등장.

[루시어스를 보며] 카이어스, 그대가 온 것은 이제는
조공을 바치라고 독촉하려는 때문은 아니겠지요. 그
문제는 우리 브리튼 인들이 깨끗이 지워버렸소. 비록
그 대가로 수많은 용사들을 잃었소만. 죽은 병사들의
친척들이 그 훌륭한 병사들의 영혼을 달래기 위해서
필요하다고 간청해서 본인이 그대와 포로들 모두를
처형하라고 허락하였소. 그러니 그대의 처지를 잘
생각해 보기 바라오.

70

루시어스 폐하, 전쟁의 운수를 생각하시기 바랍니다. 그날
당신네 편의 승리는 우연이었습니다. 우리에게 무운이
함께 했더라면 우리는 피가 식은 후에도 칼을 가지고
우리의 죄수들을 위협하지 않았을 것입니다. 그러나
우리의 목숨 말고는 몸값을 치를 수 없다는 것이
신들의 뜻이라면 그렇게 처리하십시오. 어쩔 수
없지요. 로마 인의 심장을 가진 자는 고통을 견딜 수

75

80

있습니다. 아우구스투스 황제께서 생존하고 계시니
그것에 대해서 생각이 있으시겠지요. 그러면 저 개인의
염려는 족합니다. 단 한 가지 간청이 있습니다만,
85   브리튼 태생인 내 시동을 몸값을 받고 풀어 주시기
바랍니다. 그처럼 주인을 섬김에 있어서 친절하고,
충직하고, 부지런하고, 어떤 일에 있어서나 주인 일에
주의 깊고, 진실하며, 상냥하며, 능숙하고, 유모처럼
잘 보살피는 시동을 본 적이 없습니다. 그의 미덕에
본인의 요청을 합하오니 폐하께서는 거절하지
말아주십시오. 비록 그가 로마 인을 섬겼지만,
90   브리튼에는 아무런 해도 끼치지 않았습니다. 그를
살려 주십시오, 폐하. 그러시면 그 아이 외에는
누구의 피도 아끼지 마십시오.

심벨린 분명 그를 본 적이 있다.

내게 낯이 익구나. 소년아, 네 얼굴이 내게 호감을
샀으니 이제 너는 내 시동이다. 도무지 왜 그런지
95   이유는 모르겠지만, "잘 살아라, 꼬마야"라고 말하고
싶구나. 주인에게는 결코 고마워하지 말고 살아라.
그리고 이 심벨린에게 원하는 것이 있으면 요청하라.
나의 관대함과 네 처지에 맞는다면 내가 그것을
주겠다. 그래, 비록 네가 요구하는 것이 포로들 중
가장 고귀한 죄수라 할지라도 말이야.

100 **이모진** 폐하, 진심으로 감사드립니다.

루시어스 너에게 내 목숨을 구해달라고 하지 않겠다, 소년아.

그러나 네가 그럴 것임을 안다.

이모진 아니오. 아아, 아닙니다. 제가 해야 할 다른 일이

있습니다. 제게 죽음만큼이나 견디기 어려운 일이

눈에 보이네요. 주인님 생명은, 착하신 주인님의

목숨은 스스로 알아서 구하셔야겠네요.

루시어스 이 꼬마가 나를 경멸하는구나.   105

나를 버리고 비웃는군. 소녀들이나 소년들의 충성에

의지하는 자들의 기쁨은 신속히도 사라지는구나.

왜 당황스럽게 서 있는 거지?

심벨린 소년아 무엇을 갖고 싶으냐?

나는 네가 더욱더 좋아진다. 무엇을 가장 갖고

싶은지 잘 생각해 봐라. 네가 쳐다보는 저자를

아느냐? 말해봐라, 그를 살려줄까? 네 친척이냐?   111

친구냐?

이모진 저 사람은 로마 인입니다. 그러니 저의 친척이

아닙니다. 제가 전하의 친척이 아닌 것과 같이요.

폐하의 신하로 태어났으니 뭔가 좀 더 가깝겠지요.

심벨린 왜 그런 식으로 그를 뚫어지게 쳐다보느냐?

이모진 폐하, 개인적으로 말씀드리겠습니다. 제 이야기를   115

들어주신다고 하시면요.

심벨린 그래, 기꺼이 듣겠다.

그리고 주의해서 잘 들을 것이다. 너의 이름은

무엇이냐?

이모진 피델레입니다, 폐하.

심벨린 자네는 내가 친애하는 젊은 친굴세. 내가 너의
주인이 되겠다. 나와 함께 걸으며 자유롭게
이야기해라.   [심벨린과 이모진 나란히 걷는다.]

벨라리어스 저 소년이 죽었다가 다시 살아난 거냐?

121 **아비라거스** 한 알의 모래가 다른 모래알을 닮은 것보다
아름다운 장밋빛 소년을 닮은 것이 더 하지요.
그 소년은 죽은 피델레였지요! 어떻게 생각해요?

가이더리어스 죽은 애와 똑같은 사람이 살아온 거 같다.

벨라리어스 조용, 조용히들 해라. 좀 더 지켜보자. 그 애의
125 눈길이 우리를 향하지 않았어. 기다려봐라. 비슷하게
생긴 사람이 있을 수 있거든. 그 애가 맞는다면, 분명
우리에게 말을 했을 텐데.

가이더리어스 그러나 우리는 그 아이가 죽은 것을 봤잖아요.

벨라리어스 조용히 해라. 좀 더 지켜보자고.

피사니오 [방백] 나의 주인마님이시다.
마님이 생존해 계시니, 시간에 맡기자. 잘 되던,
못 되던.   [심벨린과 이모진 앞으로 나온다.]

심벨린 이리 와라, 와서 내 곁에 서라. 너의 요구사항을
130 큰 소리로 말하라. [이아키모에게] 경, 앞으로
나오시게. 이 소년의 요청에 답하되, 숨김없이 말하라.
그렇지 않으면, 국왕의 권위와 존엄을 걸고, 즉 짐의

명예를 걸고, 호된 고문을 해서라도 거짓에서 철저히
진실을 밝혀낼 것이다. [이모진에게] 그에게 말하라.

이모진 제 부탁은 끼고 있는 그 반지를 누가 주었는지 이   135
　　　신사분이 대답해 주는 것입니다.

포츠머스 [방백] 저 반지가 그에게 무슨 상관이 있단 말인가?

심벨린 너의 손가락에 낀 그 다이아몬드 반지 말이다. 말해라.
　　　그것이 어찌 너의 수중에 들어오게 됐느냐?

이아키모 말씀 안 드리면 저를 고문하시겠지만, 말씀드리면
　　　오히려 폐하께서 고문당하시는 것이 될 텐데요.

심벨린 어째서? 내가?   140

이아키모 숨기는 것이 괴로웠는데 강요받아서라도 말할 수
　　　있게 돼서 기쁩니다. 악행을 해서 저는 이 반지를
　　　얻었습니다. 이것은 폐하께서 추방한 레오나터스의
　　　보석이었습니다. 그리고 이렇게 말씀드리자니 저도
　　　그렇고 폐하께서도 슬프시겠지만, 천지간에 그분처럼   145
　　　더 고귀한 인물은 없었습니다. 더 들으시겠습니까,
　　　폐하?

심벨린 이 일에 관련해서 빠짐없이 말하라.

이아키모 저 절세미인이신 폐하의 공주님,
　　　그분을 생각만 하면, 심장에서 피가 뚝뚝 떨어지고,
　　　저의 거짓된 영혼은 기가 죽습니다. 잠시 실례합니다.
　　　제가 어지럽습니다.

심벨린 내 딸 말이냐? 공주가 어쨌느냐? 정신 차려라.   150

내가 더 듣기 전에 자연이 너의 수명에 따라 죽게
할지라도 나는 차라리 너를 살려야 하겠다. 애써 봐라,
이봐라, 말해라.

이아키모 옛날에, 시간을 알려주던 그 시계는 불행했었지요.
로마에서였습니다. 저주할, 거기의 그 저택에서
155   연회 중이었는데, 오, 우리의 음식에 독이 들어
있었다면, 아니면 최소한 내가 먹은 음식에만이라도
독약이 들어 있었으면 얼마나 좋았을까! 선한
포츠머스는, 제가 뭐라고 말해야 할까요? 그는 못된
사람들 사이에 끼어있기에는 너무나 선량했고 그런
160   사람들 중에서도 최고였습니다. 그런 그는 우리가
이탈리아 인 애인에 대해 찬사를 퍼붓는 것을 앉아서
슬픈 듯이 듣고 있었습니다. 미모에 관한 자랑은,
말솜씨 좋은 사람의 자랑조차 무색할 정도이고,
용모는 존경스런 비너스나 미네르바의 크고 늘씬한
165   자태도 불구와 같다고 말할 정도였고, 성격은 남자가
여자를 사랑하게 되는 온갖 자질들을 갖춘
상점이라느니, 결혼의 미끼인 미모 외에도, 눈길을
확 끄는 아름다움을 갖고 있다고 하더라고요.

심벨린 나는 불 위에 서 있도다. 참지 못하겠으니 요점만
말하라.

169 **이아키모** 너무 이른 것 같습니다만, 알겠습니다.
폐하께서는 일찍 슬픔에 이르시려고 하는 것 같군요.

그런데 이 포츠머스는 사랑에 빠진 귀족답게 그리고

왕족인 연인을 가진 사람답게, 슬며시 끼어들더니,

그리고 ―우리가 칭찬한 여인들을 폄훼하지

않았는데, 그 점에서 그는 조용히 미덕을 보인바―

그는 자신의 아내의 모습을 그리기 시작했는데,

그것이 그의 말로 직접 그려지고 그 마음이 그 그림

안에 불어 넣어지니, 우리가 한 자랑이란 기껏 주방   176

식모들 정도를 허풍스럽게 떠들어댄 것으로

전락하였거나 또는 그의 묘사로 우리가 바보

술주정뱅이들임을 입증하게 된 것이었습니다.

심벨린 아니, 아니야, 결론을 말하라고!

이아키모 공주님의 정절이요, 거기서부터 이야기가

시작합니다― 그는 공주님에 대해 다이애나[25]가   180

뜨거운 꿈을 꿀 때도 그녀만 홀로 정숙할 것이라는

식으로 말했는데, 그 말에 대해 비열한 이놈은, 그의

칭찬에 의혹을 제기하고, 내기를 벌이기로 하여, 저는

황금을, 그는 손가락에 끼고 있던 이것을 ―그는

그때 명예로운 손가락에 이 반지를 끼고 있었죠―

걸고서 제가 그녀를 유혹해 침대로 끌어들여서   185

그녀와 간통을 하면 이 반지를 제가 갖는다는 그런

내기였던 겁니다. 그런데 진정한 기사인 그는, 그녀의

절개를 믿었기 때문에, 저도 후에 진실로 그녀의

---

25. 로마 신화의 순결의 여신.

정숙함을 알게 되었지만, 그래서 반지를 걸었던

190 것입니다. 그리고 그것이 아폴로의 전차 바퀴에 박힌

붉은 보석이라 할지라도 그는 내기에 걸었을 것이며,

그래도 그것은 매우 안전할 터이지만, 그것이 전차

전체 가치만 한 보석이라 할지라도 그랬을 것입니다.

저는 이런 흉계를 품고 브리튼으로 급히 갔습니다.

폐하, 궁정에 왔었던 제가 잘 기억나시는지요?

거기에서 저는 폐하의 정숙한 따님으로부터 연모하는

것과 악랄한 것 사이의 엄청난 차이를 배웠습니다.

196 그렇게 희망은 꺼졌지만, 욕망은 남아서 이탈리아

인의 두뇌가 좀 더 둔한 폐하의 브리튼 땅에서

야비하게 다시 작동하기 시작했습니다. 저의 이익을

위해서는 아주 훌륭했지요. 아주 간결하게 말하자면,

200 저의 책략이 효과가 있어서 고귀한 레오나터스를

미치게 만들기에 충분한 그럴듯한 증거들을 가지고

돌아왔으며, 그와 같은 증표들을 가지고 그녀의

명성에 대한 그의 신뢰에 상처를 입힌 것이지요.

그녀 거실 방에 걸려있는 것임을 확인해 주는 표들과

205 그림들, 그녀의 이 팔찌 —아 교활했지요. 어떻게

이것을 내 손에 넣었던지— 뿐만 아니라, 그녀의 몸에

난 은밀한 표시들까지 알아 와서 말하니, 그는 그녀의

순결에 대한 서약이 완전히 깨져버렸다고 생각하지

않을 수 없었던 겁니다. 제가 그녀가 버린 몰수품을

가지고 있다고 하니까요. 그리고 생각건대
지금 그가 여기 있는 것 같습니다만.

포츠머스 [앞으로 나서며] 그래, 이 이탈리아 악마야!   210
아, 나는 아주 경솔하게 속아 넘어가는 바보요,
터무니없는 살인자, 도둑이요, 그리고 과거, 현재,
미래에도 욕을 먹어 싼 악당이로다. 오, 나에게 목멜
밧줄이나, 칼, 아니면 독약이나 공정한 재판관을
불러 주십시오! 폐하, 실력 좋은 고문기술자를 보내   215
주십시오. 세상에 모든 혐오스러운 것들보다도 제가
더 나쁜 놈이오니 그것들이 더 좋게 보일 것입니다.
저는 폐하의 공주를 죽인 포츠머스입니다. 아닙니다.
악당처럼 거짓말을 하네요. 제 자신보다 조금 덜 나쁜
악당에게 시켰습니다. 그 자는 신전 도둑놈이었습니다.   220
그녀는 정절의 성전 그 자체였습니다. 이놈에게 침을
뺏고, 돌을 던지고, 오물을 끼얹고, 개들을 거리에
풀어 놓고 저를 보고 짖어대게 하십시오. 세상의 모든
악당을 포츠머스 레오나터스라 불리게 하시고,
지금까지의 악한 것들은 저보다 덜 악한 것이 되게   225
하시옵소서. 오 이모진! 나의 여왕, 나의 생명, 나의 아내,
오 이모진, 이모진, 이모진!

이모진 진정하세요, 나의 주인님. 들으세요. 들어보세요.

포츠머스 이런 장난까지 해야 한단 말인가? 이런 시동놈
주제에 나를 경멸하다니, 나자빠지는 것이 너에게

제격이다.　　　　　　　　[그녀를 친다. 그녀 넘어진다.]

피사니오 오, 여러분들, 도와주세요!

230　소인과 여러분의 공주마마이십니다. 오, 저의

주인 나리, 포츠머스 님! 나리는 지금까지 이모진

공주님을 죽이신 적이 없으세요. 도와주세요,

도와줘요! 나의 명예로우신 아씨마님!

심벨린 이 세상이 회전하는가?

포츠머스 어째서 네게 현기증이 나지?

피사니오 정신 차리세요, 주인마님!

심벨린 만일 이것이 사실이라면, 신들께서 엄청난 기쁨으로

나를 쳐서 죽게 하려고 하시는가 보구나.

235　**피사니오** 마님, 괜찮으신지요?

이모진 오, 내 눈앞에서 사라져라. 너는 내게 독약을 줬어.

위험한 놈, 당장 사라져버려! 군주들 사이에 있지

마라.

심벨린 이모진의 목소리이구나!

피사니오 마님, 만일 제가 마님께 드린 그 상자를 내가

240　귀중한 물건으로 생각하지 않았다면 신들께서 저에게

벼락을 내리실 겁니다. 저는 그 상자를

왕비님으로부터 받았습니다.

심벨린 여전히 새로운 사실이구나.

이모진 나에게 독을 썼구나.

코넬리어스 오 신이시여!

왕비께서 고백한 것들 중에 한 가지 빠뜨린 것이

있습니다만, [피사니오에게] 그것이 분명 그대의   245

정직함을 증명해 줄 걸세, 왕비께서 말씀하시길,

"만일 피사니오가 자기 여주인에게, 강장제라며

내가 준 조제 약물을 주기만 하면, 내가 쥐에게

먹였을 때와 같은 효과가 나타날 것"이라고 했습니다.

심벨린 그것이 무슨 말인가, 코넬리어스?

코넬리어스 왕비님께서는 자주 저에게 독약을 조제해 달라고

하셨습니다. 겉으로는 약에 대한 지적 만족을 위해서   250

단지 고양이나 개 같은 하찮은 것들을 독으로 죽여

보고 싶다고 하셨지만, 아무리 생각해봐도, 좀 더

위험한 목적이 있으신 것이 아닐까 우려되어, 한 가지

만들어 드리긴 했으나 그 약을 마시면 당장 생명력이   255

중단되기는 하지만 잠시 후에는 신체의 제 기능이

다시 회복되도록 하는 그런 약이었습니다. 그 약을

마셨습니까?

이모진 그랬던 것 같아요. 왜냐하면 나는 죽었었기 때문이죠.

벨라리어스 얘들아, 우리가 뭔가 착각했던 것 같다.

가이더리어스 분명 피델레가 맞아요.   260

이모진 왜 당신은 자신의 결혼한 아내를 버리려고 했나요?

당신이 바위 위에 서있다고 생각하시고, 지금 다시

저를 떠밀어 보세요.   [그를 포옹한다.]

포츠머스 나의 영혼이여, 거기 과실처럼 달려있으시오.

그 나무가 죽을 때까지.

심벨린 [이모진에게] 아니, 이럴 수가, 내 핏줄, 내 새끼라고?
265　뭐냐, 이 장면에서 나를 멍청한 구경꾼으로
세워두기냐? 왜 나에게 한 마디도 없느냐?

이모진 [무릎을 꿇는다.] 축복해 주세요, 폐하.

벨라리어스 [가이더리어스와 아비라거스에게] 너희들이 비록
저 젊은 친구를 사랑했지만, 나는 너희를 탓하지
않는다. 너희들은 그럴만한 동기가 있었다.

심벨린 흐르는 내 눈물이 너에게 축복의 성수가 되리라.
이모진아, 너의 새어머니가 죽었다.

270　**이모진** 유감스럽습니다, 폐하.

심벨린 오, 그녀는 사악한 여자였다. 그리고 그 여자 때문에
우리가 여기서 아주 이상하게 만나게 된 거 아니냐?
그녀의 아들도 사라졌는데, 어떻게, 어디로 사라졌는지
모른단다.

피사니오 폐하, 이제 두려움도 가셨으니, 제가 진실을
275　말씀드리겠습니다. 클로튼 왕자께서는 공주마님이
실종되시자, 검을 빼들고 저에게 오셔서 입에 거품을
물고서, 공주님이 가신 곳을 말하지 않으면 맹세코
당장 죽여 버리겠다고 협박하셨습니다. 그때 우연히
소인은 주인님의 거짓 편지를 호주머니에 넣어 갖고
280　있었는데, 그 편지의 내용은 그에게 밀포드 근처의
산에서 공주님을 찾으라고 적혀 있었던 것입니다.

거기로, 광란에 빠진 왕자는 제 주인님의 옷을
입고서, 저에게서 강제로 빼앗은 것인데, 우리 아씨
마님의 정조를 짓밟겠다는 음란한 목적을 맹세까지
하면서 서둘러 떠났습니다만, 그가 어떻게 되었는지   285
그 이상은 저도 알지 못합니다.

가이더리어스 제가 그 이야기를 끝맺겠습니다. 제가 거기서
그를 살해했습니다.

심벨린 아니, 당치도 않도다!
눈부신 무공을 세운 그대에게 내 입으로 가혹한
판결을 내리고 싶지 않구나. 부디, 용감한 젊은이여,
그대가 한 말을 다시 취소하라.

가이더리어스 말씀드린 대로 제가 죽였습니다.   290

심벨린 그는 왕자였다.

가이더리어스 아주 무례한 자였습니다. 그가 제게 한
부당한 행동은 전혀 왕자다운 데가 없었습니다.
왜냐하면 만일 바다가 제게 그렇게 으르렁거릴 수
있다면, 그가 말로 저에게 성나게 한 것은 내가   295
바다를 발로 걷어차게 만들었을 것이기 때문입니다.
제가 그의 머리를 잘라버렸습니다. 그리고 그가
여기 서서 제가 말씀드린 이야기를 하지 않아서 아주
다행스럽습니다.

심벨린 그대에게 유감스럽지만, 그대 자신의 혀로 유죄라고   300
판결했으니, 반드시 국법을 따라야 한다. 그대는

사형이다.

이모진 저는 머리 없는 사람이 내 남편인줄로 알고 있었어요.

심벨린 죄인을 체포하고, 내 눈앞에서 끌어내라.

벨라리어스 폐하, 잠시 기다려 주십시오.

이 사람은 그가 살해한 저 사람보다 더 좋은
자입니다. 혈통도 폐하보다 뒤지지 않고요. 그리고
세운 무공은 클로튼 한 무리가 입어 온 부상보다 더
305 많습니다. [호위병에게] 그의 팔을 놔라, 결박당해야
할 팔이 아니니라.

심벨린 아니, 늙은 용사!

그대는 내가 아직 그대가 세운 공에 대해 상을
주지도 않았는데 나의 분노를 사서 공을 없애려
하는 거야? 혈통이 나 못지않고?

아비라거스 아버님의 말씀이 지나치셨습니다.

심벨린 [벨라리어스에게] 그대는 그 말 때문에 죽을 것이다.

310 **벨라리어스** 우리 세 사람 모두 죽겠습니다.

그러나 저는 아까 말씀드린 것처럼 이 두 사람의
신분이 좋다는 것을 증명해드릴 것입니다. 내
아들들아, 너희들은 좋겠지만, 나에게는 위험한
이야기일 수 있는 사실을 털어 놓아야겠구나.

아비라거스 아버님의 위험이시라면 저희의 위험이기도
하지요.

가이더리어스 저희에게 좋은 것이라면, 아버님에게도

좋은 것이구요.

벨라리어스 그럼 말하도록 하겠다. 황공하옵니다. ₃₁₅

위대하신 군주시여, 폐하께는 벨라리어스라는

신하가 있으셨습니다.

심벨린 그자가 어쨌기에? 추방당한 반역자이지.

벨라리어스 그자가 바로 제 외모의 나이쯤에 이르렀지요.

추방당했지만, 왜 반역자인지 모르겠습니다. ₃₂₀

심벨린 당장 이자를 체포하라. 온 세상이 이자를 살릴 수

없을 것이다.

벨라리어스 너무 서두르지 마십시오.

먼저 제게 폐하의 아드님들을 키워드린 양육비를

지불하십시오. 그러고 나서 제가 그 돈을 받자마자

몰수하셔도 됩니다.

심벨린 내 아들들을 키웠다고? ₃₂₅

벨라리어스 소신이 너무 무엄해지고 불손해졌습니다. 이렇게

무릎을 꿇겠습니다. 일어서기 전 아들들을 높이겠사오니

그런 다음 이 늙은 애비에게 자비를 베풀지 마시옵소서.

저를 애비라고 부르는 이 두 신사들은 자신들이 저의

아들이라고 생각하지만, 제 자식이 아닙니다. 실은 ₃₃₀

폐하, 그들은 폐하의 몸에서 났으며 폐하의

혈육입니다.

심벨린 뭐라? 내 혈육이라고?

벨라리어스 폐하가 폐하 부친의 혈육이신 것처럼 확실합니다.

늙은 모건인, 저는 사실 폐하께서 옛날에 추방하신
벨라리어스입니다. 폐하께서 저를 추방하시려는
마음이 저의 죄였고, 저의 처벌 그 자체였으며,
그리고 저의 역모의 모든 것이었을 뿐이었습니다. 제가
당한 고통이 제가 끼친 해악의 전부였습니다.
이 마음씨 착한 왕자님들을, —그렇게 불릴 만한
분들이지요— 제가 지난 이십여 년 동안 훈련시켜
모든 것을 힘껏 가르쳤습니다. 왕자님들이 갖춘
교양은 제가 채워 드릴 수 있는 만큼 가르쳐
드렸습니다. 저의 가문은 폐하께서 아시는 바대로
입니다. 왕자님들의 유모인, 저는 도둑질 때문에
그녀와 결혼을 했습니다만, 유리필레는 제가
추방당할 때에 어린 왕자님들을 훔쳐냈습지요.
제가 그녀에게 그렇게 하도록 부추겼습니다. 죄를
짓기도 전에 벌을 먼저 받았기 때문에 그런 행동을
해버린 거죠. 충성을 다했으나 오히려 매를 맞으니
반역할 마음이 생긴 겁니다. 소중한 왕자님들을 잃어
버리면 폐하께서는 고통받으실 것이고, 많이 받으면
받으실수록 고통스러워하실 터이니 바로 그런 만큼
소신이 아기들을 훔쳐낸 목적에 더욱 부합하게 되는
셈이었습니다! 그러나 자비로우신 폐하, 이제 다시
두 왕자님들을 돌려 드리겠습니다. 하지만 저는 이
세상에서 가장 사랑하는 두 명의 동료들을 잃어야만

336

340

345

350

합니다. 우리 위를 덮고 계시는 하나님의 축복이
왕자님들 머리 위에 이슬처럼 내리시기를 바랍니다.
그들의 가치는 하늘의 별이 될 수 있을 만큼
존귀하기 때문입니다.

심벨린 그대는 울면서 말도 하는구나. 그대들 세 사람이
세운 무공은 그대가 지금 말한 이야기보다 더
그럴듯하지는 않구나. 나는 내 아이들을 잃어버렸다.   355
만일 이들이 그들이라면, 내 어찌 이들보다 더 귀중한
아들들을 바랄 수 있겠느냐!

벨라리어스 잠시 주목하여 주십시오. 제가 폴리도어라고
부르는 이 신사는 폐하의 소중한 황태자이신,
진짜 가이더리어스 왕자이십니다. 그리고 이쪽 분은
저의 캐드월이었던 폐하의 작은 아들인 아비라거스   360
왕자님이십니다. 둘째 왕자님은 육친이신
왕비마마께서 직접 손으로 짠 매우 진기한 외투에
감싸여 계셨습니다. 보다 확실하게 입증하기 위해서
명하시면 곧 바로 대령할 수 있습니다.

심벨린 왕자 가이더리어스 목에는 태어날 때부터 붉은 별   365
모양의 점이 있었는데, 참 놀라운 표적이었지.

벨라리어스 이분이 틀림없습니다. 아직까지도 자연이 준
인장의 표시가 있습니다. 현명한 자연이 오늘 그의
증거가 되도록 주신 것이지요.

심벨린 오, 나는 무엇이란 말인가? 세 아이를 낳은

370 어머니는? 그 어떤 어머니도 나보다 더 기뻐할 수
없을 것이다. 너희 모두를 축복하노라. 너희들
모두는 이상하게도 본 궤도를 벗어나 있었지만
이제는 다시 본래의 자리로 돌아와 왕자와 공주로서
군림하게 될 것이다. 오 이모진, 너는 이 때문에
다스릴 이 왕국을 상실했구나.[26]

375 **이모진** 아닙니다, 아바마마. 저는 두 개의 세계를 얻었어요.
오, 내 착한 오빠들, 우리 이렇게 만났네요?
이후로는 제 말이 진실이라고 믿으셔야만 해요.
저를 남동생이라고 하셨지만, 사실은 누이동생
이었거든요. 저는 오빠들을 형들이라고 불렀으니까요.
그때 오빠들은 정말 그랬었죠.

심벨린 너희들은 이전에 만난 적이 있느냐?

아비라거스 예, 아바마마.

380 **가이더리어스** 그리고 처음 만나서부터 사랑했습니다. 그가
죽었다고 생각했을 때까지요.

코넬리어스 공주님이 마신 왕비의 독약 때문입니다.

심벨린 오 놀라운 본능이구나. 언제 내가 이 이야기를 다
들을 수 있겠느냐? 너희가 한 이야기는 대략
요약해서 한 것일 텐데, 그 잔가지들에 얽힌 상황적인
이야깃거리도 풍부하겠지. 어디에서? 어떻게

---

26. 오빠인 두 왕자 가이더리어스, 아비라거스 왕자가 생환했으므로 이모진의 왕위 계
승 서열이 세 번째로 밀려 났음을 암시한다.

살았느냐? 그리고 포로가 된 이 로마 인들을 언제부터 386
섬기게 되었느냐? 어떻게 해서 오빠들하고는
헤어지게 된 것이지? 그들을 어떻게 처음 만나게 된
것이냐? 왜 너는 궁전에서 도망쳤고, 그리고 어디로
갔었느냐? 이런 이야기들과 너희 세 사람이 이 전쟁에
참여하게 된 동기 등, 그 외에 얼마나 더 많은 사연이 390
있는지 나는 알지 못하지만, 기타 모든 관계된
문제들에 관하여 한 건에서 다른 한 건으로 옮겨가며
요청해서 들어야겠다. 그러나 지금은 시간이나
장소가 길게 사연을 묻고 이야기 듣기에는 적절치
않은 것 같구나. 저 봐라, 포츠머스가 이모진이란
항구에 닻을 내렸구나. 그래서 이모진도, 해로움 없는 395
번개처럼, 눈길을 그에게 던지고 있다. 자기
오빠들에게, 짐에게로 말이다. 그녀의 예전
주인에게도 각각의 사람에게 기쁨의 눈길을 주고
있어. 그들끼리도 서로 기쁨의 눈빛들을 주고받고
있는 것이다. 이곳을 떠나 신전으로 가서 하나님께
번제를 바치도록 하자.

[벨라리스에게] 그대는 내 형제이다. 짐은 그대를
영원히 그리 대하겠다. 400

이모진 그대도 또한 내 아버지이십니다. 저를 구해주셔서
오늘 같은 은총의 날을 맞게 되었네요.

심벨린 모두들 더할 나위 없이 기쁘구나.

포로들을 제외하고는, 그들도 기뻐하도록 해줘라.

그들에게 우리가 주는 위로를 맛보게 하라.

이모진 훌륭하신 주인님, 계속 주인님을 섬길 것입니다.

405 **루시어스** 행복하시길 기원합니다!

심벨린 그렇게 고귀한 전투를 벌인 그 고독한 용사가 있다면
이 자리에 잘 어울렸을 것이고, 왕의 감사를 빛내
주었을 것인데.

포츠머스 소인이, 폐하, 이 세 사람과 남루한 복장을 하고
410 함께했었던 자 이옵니다. 그때 했던 복장은 그
당시 저의 목적에 맞는 적합한 차림이었습니다.
자 이아키모, 내가 그때의 그 용사라는 사실을
증언해 말씀 올려라. 내가 너를 쓰러뜨렸고, 너를 끝장
낼 수도 있었다.

이아키모 [무릎을 꿇는다.] 소인이 다시 무릎을 꿇습니다.
그때는 저를 무력으로 쓰러뜨리셨지만, 지금은 저의
415 무거운 양심이 제 무릎을 꿇리는군요. 저의 목숨을
거둬 가십시오. 여러 번 나리께 빚진 목숨입니다.
그러나 먼저 나리의 반지를, 그리고 가장 진실하신
공주마마의 팔찌가 여기 있사오니 받으십시오.
공주님의 순결을 맹세하신 팔찌입니다.

포츠머스 내게 무릎 꿇지 마라. 너에게 휘두를 힘으로 너에게
420 자비를 베풀 것이며, 너를 향한 원한으로 너를
용서하겠다. 똑바로 살아라. 그리고 다른 사람에게

더욱 잘해줘라.

심벨린 고귀한 판결이다! 짐도 내 사위로부터 관용을

배우겠다. 모든 자를 용서하노라.

아비라거스 [포츠머스에게] 마치 우리의 형제가 되려는 듯이

우리를 도와주셨어요. 진짜 매부이시니 정말

기쁩니다.   425

포츠머스 왕자님의 충실한 신하입니다. 전하. 로마의

귀족이신 사령관님, 귀하의 예언자를 불러 주십시오.

본인이 잠을 자고 있을 때에 위대하신 주피터께서

그의 독수리 등위에 타고서 제 자신의 혈육들처럼

보이는 유령들과 함께 나타나시었던 것 같습니다.

근데 제가 잠에서 깨어보니 제 가슴위에서 이 서판을   430

발견했는데 이해하기 너무 어려운 내용이 적혀

있어서 그 내용을 추측할 수가 없어서요. 그 내용을

해석하는 데에 그의 능력을 써보게 하시지요.

루시어스 필라모너스!

예언자 예, 나리, 여기 대령했습니다.

루시어스 (이 서판을) 읽고서 뜻을 밝혀 보게.

예언자 [읽는다.] "사자새끼가 스스로 알지도 못하고, 구하지도   436

않았는데 찾고, 부드러운 공기에 안길 때에, 한 그루

위엄 있게 서있는 삼나무에서 잘려 나가 여러 해

동안 죽어 있던 나뭇가지가 소생한 후, 원줄기에

다시 붙어서 생생하게 성장할 때에, 그때 포츠머스는   440

그의 불행한 시기를 끝마치게 될 것이며, 브리튼에는
행운이 깃들어, 평화와 풍요 속에서 번영하게 되리라."
레오나터스, 그대가 그 어린 사자새끼입니다. 그대의
445 이름을 알맞고, 적절하게 해석하면 레오나터스[27] 바로
사자새끼라는 뜻입니다.

[심벨린에게] 그 부드러운 공기란 폐하의 고귀한
공주님이십니다.

라틴어로 '몰리스 아에르'라고 부르는 말을 우리는
로마어로 '물리에르'라고 부릅니다. 저는 물리에르를
450 '가장 정숙한 여인'을 의미한다고 판단하는 바 입니다.
현재 이 신탁의 편지 내용을 충족시키고 계시는 바,
폐하께서는 알지도 못하고, 구하지도 않았는데, 가장
부드러운 공기에 지금 안겨 계십니다.

심벨린 그럴 듯하구나.

예언자 고귀하신 심벨린 폐하, 하늘 높이 치솟은 삼나무란,
455 폐하 자신을 상징하옵니다. 그리고 잘려나간 가지란
폐하의 두 왕자님들을 가리키고요. 즉 두 분은
벨라리어스에게 유괴된 후 여러 해 동안 죽은 것으로
여겨졌다가 이제 다시 소생해서 장엄한 삼나무에 다시
접합된 것이지요. 그것의 열매가 브리튼의 평화와
풍요를 약속하는 것입니다.

460 **심벨린** 그렇구나. 짐의 평화가 시작될 것이다. 그리고

---

27. 라틴어(Latin) 레오(Leo)는 '사자'를, 나터스(natus)는 '태어난 자'를 의미한다.

카이어스 루시어스, 비록 승자는 우리이지만,

시저에게 그리고 로마제국에게 항복하겠소.

원래하던 대로 조공을 지불할 것을 약속하오. 우리는

사악한 왕비의 요구 때문에 보내는 것을 단념했던

것이었소. 정의로우신 하늘이 그녀와 그녀의 아들에게   465

아주 무거운 손으로 벌을 내리셨소.

예언자 하늘에 계신 하나님이 그분의 손가락으로 이 평화의

하모니를 연주하십니다. 이 미래의 환상은, 제가 이제

막 끝나 열기가 덜 식은 이 전투가 시작하기 직전에   470

루시어스 사령관님께 예언해 드린 것인데, 지금 막 그

예언이 완전히 성취되었습니다. 왜냐하면 로마의

독수리가 날개를 펴고 높이 솟구쳐 올라 남쪽에서

서쪽 방향으로 햇빛을 받으며 서서히 작아지더니

사라졌기 때문입니다. 그것은 우리의 장엄한 독수리

군주이신, 시저 황제와, 여기 서쪽에서 번쩍이는,   475

빛나는 군주 심벨린 폐하께서 다시 친절하게 화합을

하셔야 한다는 것을 예시하였던 것입니다.

심벨린 우리 하나님을 찬양하십시다. 그리고 우리의 신성한

제단에서 우리의 굽이진 번제 연기가 하나님의

코끝까지 올라가게 합시다. 우리 이 평화를

우리의 모든 백성들에게 공표합시다. 우리 모두   480

앞으로 나아갑시다. 우리 로마의 깃발과 브리튼의

깃발을 함께 사이좋게 흔들면서 러드 시내[28]를

행진하여 통과하고, 위대한 주피터 신전에 가서
우리의 평화를 비준하고 축제를 베푸십시다.
485   거기 출발하라! 피 묻은 손을 씻기도 전에, 이처럼
평화롭게 싸움을 중지한 전쟁은 결코 없었도다.

[모두 퇴장.]

---

28. 런던 시내.

작
품
설
명

　『심벌린』은 1623년 셰익스피어의 두 동료 배우들이 그의 사후 세상
에 내놓은 셰익스피어의 작품집인 소위 '제일이절판'(the First Folio)에
포함되었는데, 1611년 9월 이전에 집필되고 공연되었다는 충분한 증거
가 있다. 그래서 혹자는 1610년 공연되었다고 추정하기도 하며 이 작품
을 비극으로 분류하는 비평가도 있다. 한편 이 작품 속에 들어 있는 시가
(Poetic Song)는 다른 예술가들에게도 영감을 준 바 있는데, 2막 3장에서
악사들이 입장하여 부르는 '아침을 깨우는 노래'는 슈베르트가 이 시에
곡조를 붙인 아름다운 곡을 만들었고, 4막 2장에서 피델레로 변장한 이
모진이 죽은 것으로 알고 벨라리어스의 두 아들들이 애도하며 부르는
'만가'는 버지니아 울프(Virginia Woolf)의 소설 『달로웨이 부인』(*Mrs.
Dalloway*, 1925)에서 주인공의 의식 흐름의 기조를 이루고 있는 것으로
평가되고 있다.

　대략적인 줄거리는 다음과 같다. 브리튼의 왕 심벌린은 이모진의 생

모인 첫 번째 왕비 사후, 후처를 들였는데 새로운 왕비는 왕자 클로튼을 데리고 입궁하였으나 욕심 많은 새 왕비는 심벨린을 설득하여 자신이 데리고 온 아들을 이모진과 강제로 결혼시켜서 왕권을 빼앗으려고 계획한다. 그러나 이모진은 이미 죽은 충신의 아들 포츠머스와 비밀 결혼을 하였기에 포츠머스는 심벨린의 진노를 사 국외로 추방당한다. 이러는 동안 이탈리아의 한량 이아키모가 이모진의 정절을 시험하기 위해 포츠머스와 내기를 걸고 이모진을 찾아가 유혹해보지만 이모진이 그의 유혹을 물리치고 마침내 남편 포츠머스를 만나러 피델레로 남장하고 밀포드로 가다가 도중에 산중 동굴에 20여 년 동안 숨어 살던 과거의 충신 벨라리어스 장군과 그의 두 아들들을 만나서 잠시 지내던 중, 그들이 외출한 동안 아파서 피사니오가 준 강장제를 먹고 잠시 죽은 듯 깊은 잠을 자는데 죽은 것으로 오해를 받아 벨라리어스 가족에 의해 장사지내진다. 한편 이모진이 밀포드로 간 것을 알아낸 클로튼은 포츠머스의 옷을 입고 쫓아가지만 벨라리어스의 두 아들들과 시비 끝에 어이없이 목 잘려 죽는데, 이모진은 그 시체가 입은 옷을 보고 남편 포츠머스가 죽은 것으로 착각한다는 것 등이 본 줄거리이지만, 벨라리어스가 심벨린의 과거 충신이었지만 누명을 써서 쫓겨났었고 그런 그가 그냥 나오지 않고 유모를 시켜 심벨린의 전처소생의 두 왕자 아비라거스와 가이더리어스를 데리고 나와서 키웠다는 놀라운 사실이 밝혀지는 과정은 부 줄거리에 해당한다. 따라서 이 모든 비밀에 관한 진실들이 종국에는 브리튼과 로마와의 전쟁이라고 하는 커다란 사건이 진행되면서 뒤섞이고 결부되는데, 전쟁이 종결되고 모두가 모인 상황에서 진실이 전부 밝혀지자 오해가 풀리고 상호

간 화해와 용서가 넘치는 행복한 결말을 맺는다는 것이 이 작품 전체의
플롯이라고 말할 수 있다.

왕비와 박사 코넬리어스 & 피사니오

상자에서 나온 이아키모와 잠든 이모진

잠든 이모진과 벨라리어스 부자

작품설명 213

로마군의 브리튼 상륙

진실이 밝혀지고 해후하는 가족

『심벨린』은『겨울이야기』,『폭풍』 등과 함께 소위 셰익스피어의 후기 로맨스극 또는 말기극(The Last Plays)에 속하는데, 내용의 희극성과 비극성을 기준으로 따질 때는 양쪽 요소가 같이 들어 있다는 시각에서 비희극이라고도 평해지고 있다. 셰익스피어의 후기 로맨스 작품들은 그의 인생을 놓고 볼 때 후반기에 집필된 것으로 작가의 인생 역정을 통해 축적된 경험, 인생관, 그리고 작가로서의 문학적 역량이 집약되어 탄생된 것으로 생각된다. 따라서 이들 작품은 동 작가의 4대 비극으로 대표되는 비극작품들과 인기 있는 희극작품들 못지않게 뛰어난 작품성과 탄탄하고 흥미로운 구성, 매혹적인 다중 플롯 전개, 그리고 인생을 원숙한 자세로 조망하는 대가의 문학적 공력이 녹아 있는 수작들이라고 평할 수 있다. 이들 로맨스 작품들에서 눈에 띄는 공통적인 특징은, 놀라운 기연들을 연속적(『폭풍』,『심벨린』,『겨울이야기』)으로 다루고 있고, 신탁(『심벨린』,『겨울이야기』) 즉 인간의 운명에 신이 개입하여 판결하고 이에 대해 인간이 순종하는 내용을 다루는가 하면, 마법사의 등장(『폭풍』에서 프로스페로), 더 나아가서 초자연적인 존재인 주피터 신을 직접적으로 극중 인물로 등장시켜 대사하게 하는 것과 같은, 이전에 보지 못했던 창작 기법을 사용하였다는 점이다. 이는 작가가 인생이란 유한하고 그의 운명이란 신에게 달려있다는 운명론에 경도된 것이 아닌가 하는 인상을 준다. 이 작품의 등장인물들은 때로는 다중 신들을, 때로는 유일신인 하나님을 찾는 것으로 보인다. 셰익스피어의 마음속 깊이 감추어 있던 종교관을 정확히 알 수는 없지만, 대중적으로 공연된 작품을 썼던 작가이기에 그의 입장은 표면적으로 중립적일 수밖에 없었을 것이다. 그러나 분명한 것은 그의 말기극인 『심벨린』을 비롯하여 『겨울이야기』와 『폭풍』 등을 읽노라면 이 작품들을 집필하던 즈음인, 인생과 창작 활동의 정점 부근에 선 셰익스피어의 인생관이란, '인간 운명의 기구함과 한계에 대한 수용과, 그리고 그의 극복은 결국 초월적 존재인 신께 달려있다' 라는 것이 아니었겠는가라는 생각을 갖게 된다.

셰익스피어 생애 및 작품 연보

셰익스피어의 생애와 작품의 집필연대 중 일부는 비교적 정확히 기록되어 있는 자료에 의존할 수 있지만, 대부분은 막연한 자료와 기록의 부족으로 그 시기를 추정할 수밖에 없으며, 특히 작품 연보의 경우 학자들에 따라 순서나 시기에 차이가 있음을 밝힌다.

1564	잉글랜드 중부 소읍 스트랫포드 어폰 에이번Stratford-upon-Avon 출생(4월 23일). 가죽 가공과 장갑 제조업 등 상공업에 종사하면서 마을 유지가 되어 1568년에는 읍장에 해당하는 직high bailiff을 지낸 경력이 있는 존 셰익스피어와, 인근 마을의 부농 출신으로 어느 정도 재산을 상속받은 메리 아든Mary Arden 사이에서 셋째로 출생. 유복한 가정의 아들로 유년시절을 보냄.
1571	마을의 문법학교Grammar School에 입학했을 것으로 추정.
1578	문법학교를 졸업했을 것으로 추정. 졸업 무렵 부친 존은 세금도 내지 못하고 집을 담보로 40파운드 빚을 냄.
1579	부친 존이 아내가 상속받은 소유지와 집을 팔 정도로 가세가 갑자기 어려워짐.
1582	18세에 부농 집안의 딸로 8년 연상인 26세의 앤 해서웨이 Anne Hathaway와 결혼(11월 27일 결혼 허가 기록).
1583	결혼 후 6개월 만에 맏딸 수잔나Susanna 탄생(5월 26일 세례 기록).
1585	아들 햄넷Hamnet과 딸 쥬디스Judith(이란성 쌍둥이) 탄생(2월 2일 세례 기록).

1585~1592	'행방불명 기간'lost years으로 알려진 8년간의 행방에 관한 자료가 거의 없음. 학교 선생, 변호사, 군인, 혹은 선원이 되었을 것으로 다양하게 추측. 대체로 쌍둥이 출생 이후 어떤 시점(1587년)에 식구들을 두고 런던으로 상경하여 극단에 참여, 지방과 런던에서 배우이자 극작가로서 경험을 쌓았을 것으로 추측.

1590~1594   1기(습작기): 주로 사극과 희극 집필.

1590~1591   초기 희극 『베로나의 두 신사』(*The Two Gentlemen of Verona*)
『말괄량이 길들이기』(*The Taming of the Shrew*)

1591   『헨리 6세 2부』(*Henry VI*, Part II)(공저 가능성)
『헨리 6세 3부』(*Henry VI*, Part III)(공저 가능성)

1592   『헨리 6세 1부』(*Henry VI*, Part I)(토머스 내쉬Thomas Nashe 와 공저 추정)
『타이터스 앤드러니커스』(*Titus Andronicus*)(조지 필George Peele과 공동 집필/개작 추정)

1592~1593   『리처드 3세』(*Richard III*)

1592~1594   봄까지 흑사병 때문에 런던의 극장들이 폐쇄됨.

1593   「비너스와 아도니스」(*Venus and Adonis*)(시집)

1594   「루크리스의 강간」(*The Rape of Lucrece*)(시집)
두 시집 모두 자신이 직접 인쇄 작업을 담당했던 것으로 추정되며, 사우샘프턴 백작The third Earl of Southampton에게 헌사하는 형식.
챔벌린 극단Lord Chamberlain's Men의 배우 및 극작가, 주주로 활동.

1593~1603 및 이후 『소네트』(*Sonnets*)

1594	『실수연발의 희극』(*The Comedy of Errors*)
1594~1595	『사랑의 헛수고』(*Love's Labour's Lost*)

1595~1600	2기(성장기): 낭만희극, 희극, 사극, 로마극 등 다양한 장르 집필.
1595~1596	『로미오와 줄리엣』(*Romeo and Juliet*)
	『리처드 2세』(*Richard II*)
	『한여름 밤의 꿈』(*A Midsummer Night's Dream*)
	『존 왕』(*King John*)
1596	아들 햄넷 사망(11세, 8월 11일 매장).
	부친의 가족 문장 사용 신청을 주도하여 허락됨(10월 20일).
1596~1597	『베니스의 상인』(*The Merchant of Venice*)
	『헨리 4세 1부』(*Henry IV, Part I*)
	스트랫포드에 뉴 플레이스 저택Great House of New Place 구입 (마을에서 두 번째로 큰 저택으로 런던 생활 후 은퇴해서 죽을 때까지 그곳에 기거).
1598	벤 존슨Ben Jonson의 희곡 무대에 출연.
1598~1599	『헨리 4세 2부』(*Henry IV, Part II*)
	『헛소동』(*Much Ado About Nothing*)
	『헨리 5세』(*Henry V*)
1599	시어터 극장The Theatre에서 공연하던 셰익스피어의 극단이 땅 주인의 임대계약 연장을 거부하자 '극장'을 분해하여 템즈강 남쪽 뱅크사이드 구역으로 옮겨 글로브 극장The Globe을 짓고 이곳에서 공연. 지분을 투자하여 극장 공동 경영자가 됨.
1599~1600	『줄리어스 시저』(*Julius Caesar*)
	『좋으실 대로』(*As You Like It*)

1601~1608	3기(원숙기): 주로 4대 비극작품이 집필, 공연된 인생의 절정기
1600~1601	『햄릿』(*Hamlet*)
	『윈저의 즐거운 아낙네들』(*The Merry Wives of Windsor*)
	『십이야』(*Twelfth Night*)
1601	「불사조와 거북」(*The Phoenix and the Turtle*)(시집)
	아버지 존 사망(9월 8일 장례).
1601~1602	『트로일러스와 크레시다』(*Troilus and Cressida*)
1603	엘리자베스 여왕 사망(3월 24일). 추밀원이 스코틀랜드의 제임스 6세를 잉글랜드의 제임스 1세로 선포.
	제임스 1세 런던 도착(5월 7일) 후 셰익스피어 극단 명칭이 챔벌린 경의 극단에서 국왕의 후원을 받는 국왕 극단King's Men으로 격상되는 영예(5월 19일).
	제임스 1세 즉위(7월 25일).
1603~1604	『자에는 자로』(*Measure for Measure*)
	『오셀로』(*Othello*)
1605	『끝이 좋으면 다 좋다』(*All's Well That Ends Well*)
	『아테네의 타이먼』(*Timon of Athens*)(토머스 미들턴Thomas Middleton과 공동작업)
1605~1606	『리어 왕』(*King Lear*)
1606	『맥베스』(*Macbeth*)
	『안토니와 클레오파트라』(*Antony and Cleopatra*)
1607	딸 수잔나, 성공적인 내과의사인 존 홀John Hall과 결혼(6월 5일).
1607~1608	『페리클레스』(*Pericles*)(조지 윌킨스George Wilkins와 공동작업)
	『코리올레이너스』(*Coriolanus*)

1608~1613	제4기: 일련의 희비극 집필.
1608	셰익스피어 극장이 실내 극장인 블랙프라이어스Blackfriars 극 장을 동료배우들과 함께 합자하여 임대함(8월 9일).
	어머니 메리 사망(9월 9일 장례).
1609	셰익스피어 극장이 블랙프라이어스 극장 흡수, 글로브 극장 과 함께 두 개의 극장 소유.
1609~1610	『심벨린』(*Cymbeline*)
1610~1611	『겨울 이야기』(*The Winter's Tale*)
	『태풍』(*The Tempest*)
1611	고향 스트랫포드로 돌아가 은퇴 추정.
1613	『헨리 8세』(*Henry VIII*)(존 플레처John Fletcher와 공동작업설)
	『헨리 8세』 공연 도중 글로브 극장 화재로 전소됨(6월 29일).
1613~1614	『두 사촌 귀족』(*The Two Noble Kinsmen*)(존 플레처와 공동작업)
1614~1616	말년: 주로 고향 스트랫포드의 뉴 플레이스 저택에서 행복하 고 평온한 삶 영위.
1616	둘째 딸 쥬디스, 포도주 상인 토마스 퀴니Thomas Quiney와 결 혼(2월 10일).
	쥬디스의 상속분을 퀴니가 장악하지 않도록 유언장 수정(3 월 25일).
	스트랫포드에서 사망(4월 23일. 성 삼위일체 교회 내에 안장).
1623	『페리클레스』를 제외한 36편의 극작품들이 글로브 극장 시 절 동료 배우 존 헤밍John Heminge과 헨리 콘델Henry Condell이 편집한 전집 초판인 제1이절판으로 출판됨.
	아내 앤 해서웨이 사망(8월 6일).

옮긴이 **박효춘**

하버드대학교 · 캠브리지대학교 수학

영문학 박사

현재, 강남대학교 교수(교양학부장/교양교수부장)

　　　한국셰익스피어학회 편집이사

　　　(재)심전국제교류재단 사무국장

저서 『영문학으로 문화 읽기』(신아사), 『국제문화의 이해 I』(백산출판사), 『그리스 로마극의 세계
　　 I』(도서출판 동인), 우수학술서적상(문화관광부, 2000), 기타 실용 영어 등 대학 교재 관련
　　 및 전공 분야(셰익스피어) 논문 다수

심벨린

초판 발행일 2017년 1월 31일

옮긴이　박효춘
발행인　이성모
발행처　도서출판 동인
주　소　서울시 종로구 혜화로3길 5 118호
등　록　제1-1599호
TEL　　(02) 765-7145 / FAX (02) 765-7165
E-mail　dongin60@chol.com
ISBN　　978-89-5506-747-7
정　가　11,000원

※ 잘못 만들어진 책은 바꿔 드립니다.